Les amants du n'importe quoi

FLORIAN ZELLER

Les amants du n'importe quoi

NOUVELLE
GENERATION

À mon frère

« *Oh ! pourtant, pourvu qu'elle m'aime à nouveau pour que je puisse continuer à ne plus l'aimer.* »

Bernard FRANK,
L'Illusion comique

PREMIÈRE SPHÈRE

1

Ma vie a longtemps ressemblé à un été qui se termine. C'est étrange, mais c'est ainsi : il arrive que par des journées finissantes, ces journées sombres, vissées sous un ciel désespérément immobile, la certitude que les jours approchent où la grisaille retrouvera son empire d'automne monte en moi jusqu'à l'effroi. Ne sentez-vous pas qu'il fait déjà un peu plus frais ?

Aujourd'hui, j'ai le sentiment qu'il ne me reste plus que mon passé à vivre.

Je n'avais pourtant pas encore rendu les armes, je cherchais toujours ce visage emprunté aux tendres rêves de l'adolescence, un visage à aimer. Et, le front collé à la vitre comme le font les veilleurs de chagrin, je tentais de me le représenter.

— Avez-vous peur de la mort ?
— Oui, évidemment.

2

L'histoire pourrait commencer comme ça : en bas de l'immeuble de O., elle pousse la porte d'un geste enfantin, elle lui fait un signe discret, un signe de la tête qui résonne bien évidemment comme une invitation, il doit être une heure du matin, ils ont dîné ensemble, et Tristan doit se décider : *Tu montes boire quelque chose ?* Il la regarde d'un air obscur, un air qu'elle ne comprend pas bien ; elle ne sait pas encore à qui elle a affaire.

Ils ont dîné dans un restaurant italien pas trop loin de chez elle, ils ont fait comme si de rien n'était, au milieu de melons, de jambons et de vin. Après le dîner, ils ont décidé d'aller boire un verre, ce qui était une façon de retarder la décision. L'incertitude procure une sorte d'ivresse lorsqu'elle se transforme en coquetterie.

Elle habite dans le quartier, il lui propose de la raccompagner. Ils sont maintenant arrivés en bas de son immeuble, et Tristan se retrouve dans la situation par laquelle j'ai commencé : elle pousse la porte d'un geste enfantin, elle lui fait un signe discret, un signe de la tête, qui résonne bien évidemment comme une invitation, et il doit se décider : est-ce que je monte ?

Si l'histoire commence à cet instant précis, c'est parce que j'y vois, avec le recul, la clé de tout ce qui va suivre, la première note d'une partition cynique et cruelle, mais finalement comique.

3

En bas de l'immeuble, Tristan pense à Amélie. Il se dit qu'il va la tromper ce soir, que ce sera la première fois. A-t-il réellement cru, un jour, qu'il parviendrait à se défaire de cette folie qui le pousse de fille en fille ? Au début, peut-être ; mais les débuts ne veulent rien dire, les débuts mentent.

Amélie est entrée dans sa vie comme l'aurait fait un voleur. Ils se sont rencontrés, c'est tout ; pour elle il a ressenti un amour resté inexplicable ; et le voilà maintenant en bas de cet immeuble, avec une autre fille, et il sait qu'il va la tromper. C'est maintenant une certitude.

Tristan veut bien « monter boire quelque chose ». Il le dit avec une voix neutre, pour ne pas trop s'impliquer. Il accepte avec la même voix que s'il avait refusé, sauf que c'est l'inverse.

O. a déjà fait le code de son immeuble, elle passe la première.

4

Comment cela s'est-il produit ? Il a croisé O. pour la première fois il y a une semaine. Ils se sont croisés comme des milliers de gens se croisent, dans une soirée ordinaire. Sur le coup, il ne l'a trouvée ni belle, ni laide ; il ne l'a même pas trouvée quelconque.

Plus tard, il a remarqué sa voix. Elle ressemblait d'une façon troublante à celle d'une fille qu'il avait aimée. On devinait, derrière l'assurance de la trentaine, le timbre hésitant d'une petite fille, une sensualité interdite. Il a commencé à plaisanter, et elle à rire. Mais tout ceci n'a été qu'un prétexte vulgaire : O. n'est pas une raison suffisante.

Il savait depuis le début qu'il tromperait un jour Amélie. Toutes les lettres de l'alphabet auraient pu convenir ; O., ce soir-là, se trouvait sur son chemin, voilà tout.

Ils ne se parlent pas dans les escaliers. Ils montent les trois étages. Elle habite un deux-pièces. Elle s'excuse pour les cartons, elle vient d'emménager. Pendant qu'elle va dans la cuisine chercher quelque chose à boire, Tristan regarde autour de lui. Des livres sont empilés sur la cheminée. Il y en a un, avec une couverture jaune, qui s'appelle *Tout est une maladie*. Il réfléchit et se dit oui, nous ne guérissons de rien. On meurt aussi de vertu.

O. revient. Elle lui tend un verre. Elle a rapporté cette bouteille de Rome, explique-t-elle. Ils se regardent un court moment sans rien se dire. Tristan a subitement l'impression que ce silence est traversé par une nuance indéfinissable, celle qui distingue le blanc dans une conversation de l'inanité évidente de toute parole.

D'ailleurs, qu'aurait-il à lui dire ? Il ne peut pas se mentir, il sait pour quelle raison il est monté chez elle, et cela ne mérite pas une discussion. Il vide son verre, il voudrait maintenant que cela se fasse vite. Mais elle s'assoit sur le canapé et lui explique qu'elle habitait avant dans un truc plus grand, mais que ça sentait toujours l'humidité, ce qui, d'une façon plus générale, constitue le problème majeur des immeubles de ce quartier... Il n'écoute pas. Il se contente de lui faire un sourire approbateur, ce sourire qu'il a trimballé toute la soirée, et qui lui promet, pour le lendemain, d'inquiétantes courbatures. Il se revoit, toute la soirée, en train de fabriquer cette grimace, cette ignoble fausseté que l'on décèle chez une danseuse blessée au pied, mais qui, patiemment, doit attendre la fin de la musique. Sa fougue, ses fièvres d'autrefois se sont modestement effacées derrière de petites précautions élégantes, ces précautions qui laissent pressentir qu'il détient le pouvoir de pousser sans effort les choses au pire, ce pouvoir – dont il tente de se protéger – de dégrader la vie.

Au milieu d'une phrase, pourtant, il l'embrasse. Elle fait semblant d'être surprise. Par coquetterie encore une fois. Et par indignation, pour signifier qu'on ne lui coupe pas la parole comme ça. Puis elle se détend, s'abandonne.

Après, ils font l'amour dans un lit.

Le matin, Tristan se réveille avec un arrière-goût dans la bouche.

5

Il savait depuis le début que ce jour viendrait. Pendant des semaines et des semaines, il n'a pensé qu'à ça. Les femmes dans la rue étaient devenues un poison intenable auquel il avait vainement tenté de résister. Se sentait-il mieux maintenant ? Il ne savait pas trop.

Amélie, elle aussi, savait depuis le début qu'il en serait ainsi. En tout cas, c'est comme ça qu'il interprétait la démesure de ses jalousies. Ils avaient marché main dans la main vers cette destination idiote.

Tristan se rhabille avec précipitation tandis qu'à travers le rideau on devine déjà la possibilité d'un nouveau jour.

O. est encore dans le lit. Elle voit bien qu'il a l'air embarrassé, et elle devine immédiatement ce que cela signifie. Elle trouve la situation comique et déplaisante. La lâcheté est une sorte de confidence ratée, pense-t-elle, un aveu de faiblesse. Il semble que les femmes passent leur vie à confesser les hommes.

Maintenant, Tristan voudrait s'enfuir le plus vite possible, discrètement, comme un voleur qui vient de s'emparer d'une pièce à conviction de sa propre bêtise.

Il s'apprête à partir. Il invente un prétexte avec l'espoir modeste d'être cru. Il ferme la porte derrière lui. Descend les escaliers. Arrive enfin dans la rue. L'air frais du petit matin. Mais rien n'y fait, il est toujours le même. Alors il s'élance dans la ville, il marche longtemps, mais rien n'y fera. Car c'est lui-même qu'il voudrait fuir, et cela est impossible.

6

Il repense au jour où il a rencontré Amélie pour la première fois. Souvent, les événements de sa vie se chargent d'une douceur étrange lorsqu'il se les remémore, d'une douceur inventée. Souvent, c'est dans la mémoire qu'il cherche ses émotions. D'une manière générale, le temps l'obsède. Il regarde la vie couler entre ses doigts, il voit qu'il ne parviendra pas à la retenir, et ressent alors une mélancolie délicieuse. Odeur d'automne, sensation de sursis.

Amélie est apparue un soir, c'est tout. Ils ont fait l'amour dès la première nuit. Et, quelques semaines plus tard, d'une façon inexplicable, elle s'installait chez lui.

Inexplicable, car il s'était toujours promis de rester indépendant. Il désirait trop les femmes pour vivre avec l'une d'elles en particulier. Pourquoi en aurait-il été autrement avec Amélie ? Elle avait bouleversé ses assurances. Avec elle, il avait agi contre ses principes. Il lui avait donné la possibilité progressive de s'installer dans sa vie.

Les histoires classiques n'étaient pas pour lui. Entretenir une relation, vivre à deux, être fidèle, subir la jalousie de l'autre, peut-être se marier, et, qui sait, avoir un jour des enfants : ces formules dépassées n'inspiraient en lui que de la méfiance.

Il avait déjà vécu avec une femme, deux ans auparavant, mais très vite la chose avait tourné au cauchemar. La séparation avait rapidement suivi l'installation : il avait compris qu'il n'était pas fait pour vivre avec quelqu'un d'autre. Il s'arrangeait pour que les femmes qu'il rencontrait n'attendent rien de lui. C'était l'unique garantie de sa liberté : l'exclusion de toute sentimentalité. Je crois qu'en lui revenait souvent comme une obsession l'idée qu'il fallait épuiser la vie, se nourrir, comme l'eût fait un boulimique, de tout ce qu'elle contenait d'expériences, de plaisirs et d'obscures promesses.

Il était avocat depuis quelques années seulement. Après de brillantes études, il avait monté son propre cabinet qui connaissait un succès croissant. Mais cet aspect de la vie semblait ne pas véritablement l'intéresser. Les femmes en occupaient une plus grande partie et avaient laissé à son nom une réputation de scandale, d'immoralité même, dont on s'étonne aujourd'hui qu'elle puisse encore exister.

Mais, avec Amélie, il avait sans doute pressenti que les choses allaient être différentes. Et pourtant il n'avait rien fait pour empêcher le désastre : en la voyant s'installer dans sa vie, c'est à une partie de lui-même qu'il devait dire adieu, à sa vie de libertin, et cela lui semblait relever de la torture masochiste.

7

Ils s'étaient croisés pour la première fois *dans une rue*. Tristan attendait sur le bord d'un trottoir que le feu changeât de couleur. Soudain, derrière lui :

— Excusez-moi...

Une jeune femme se tenait là, et sa présence avait quelque chose d'irréel. Elle voulait savoir où se trouvait la Librairie Polonaise. C'était sûrement la première fois qu'on lui posait cette question.

— Vous cherchez la Librairie Polonaise ?

— Oui...

Il savait où elle se trouvait, « je passe devant », il pouvait peut-être l'accompagner. Elle haussa les épaules, comme pour acquiescer, et le feu passa au rouge. Quand ils traversèrent, il remarqua qu'elle s'arrangeait pour ne marcher que sur les bandes blanches. Elle fut obligée, à un moment, de faire un plus grand pas pour ne pas faillir à son jeu, les derniers restes de l'enfance, la dépouille amusée de qui nous ne sommes plus, et quand elle tourna la tête vers Tristan, surprise, elle se mit à rougir.

Ils marchèrent côte à côte jusqu'à la librairie, mais restèrent silencieux. La situation devenait presque gênante. Les mots ne trouvaient que difficilement le chemin du sens. Tristan se rapprocha un peu d'elle pour voir sa réaction. Elle était peut-être belle. Non pas de cette beauté épuisante qui susciterait l'unanimité, mais d'une beauté incertaine, fragile. Contestable.

Toutes les rencontres sont improbables en tant que telles. Cependant, pour Tristan, le fait que cette rencontre ait eu lieu *dans une rue*, par hasard, rendait encore plus troublante l'attirance qu'il avait immédiatement ressentie pour elle. Pourquoi elle ? Pourquoi elle et pas une autre ?

Et pourquoi lui ?

Il n'avait pourtant rien fait pour mériter de tomber amoureux. La vision de la justice est décidément le plaisir de Dieu seul.

8

En général, Tristan tombait amoureux chaque fois qu'il changeait de trottoir. Mais ce mouvement qui le poussait vers les femmes n'avait en réalité rien à voir avec une simple quête de plaisirs ; il relevait plutôt d'un harcèlement permanent des possibles, d'une jubilation à étendre son empire, un empire plus large que l'empire sur les autres, d'une inquiétude quasi touristique.

Le corps des femmes donnait à ses désirs cette sublime fixité par laquelle les forces de la jeunesse se dépensent inutilement. À trente-deux ans, il avait encore quelque chose de l'adolescent. On le jugeait ombrageux, sombre, terrible ; et pourtant, sa beauté, d'ailleurs elle aussi relative, suscitait une sorte de culte sourd, et l'on était facilement conquis par ce diable qui semblait traversé par une étrange grâce, celle qui fait tout pardonner.

Mais ce jour-là, première nuit, il lui sembla toucher quelque chose d'unique. Là, offerte, il fut obligé de la déshabiller, parce qu'elle ne l'aurait pas fait elle-même. Elle ne bougeait pas, inquiète, elle attendait qu'il la prenne, que cela se passe. Et, au moment où il se retira, il eut l'impression d'apercevoir des larmes, des larmes dans ses yeux. Avait-elle pleuré ? Ou n'était-ce qu'une impression ? Lui avait-il fait mal ? Il aurait pu être agacé par ce genre de sensiblerie, mais non, il était plutôt troublé, attendri. Il comprit alors, par ces larmes qu'il n'était pas certain d'avoir vues, il comprit, au moment où la possibilité de la souffrance n'avait pas encore trouvé en elle où se glisser, aucune brèche, rien, aucune larme, il comprit qu'Amélie appartenait à la catégorie des femmes les plus belles : celles qui sont faites de verre. Il comprit aussi que cette fragilité était bouleversante.

Subitement, ses maîtresses qui criaient leur orgasme et dont le visage se déformait sous l'insistance du plaisir devenaient des êtres vulgaires et méprisables. En pleurant devant lui, Amélie était devenue une enfant, une enfant qu'il devait protéger. Contre quoi exactement, il n'aurait su le dire. Mais il aurait tout donné pour cette femme qu'il ne connaissait que depuis quelques heures.

Tristan la regardait dormir, et, bien qu'elle ne pût l'entendre, il lui dit à l'oreille qu'il l'aimait, sans trop savoir ce que cela voulait dire. Sans savoir qu'il venait de tomber dans un piège définitif, *le piège de l'attendrissement*, et qu'il était ridicule, d'un ridicule sans rémission.

9

Ce n'est pas exactement ainsi que les choses se sont passées. La Librairie Polonaise était fermée. Amélie ne montra aucune déception. Encore une fois, elle haussa les épaules. Ils se regardèrent en silence. Il fallait maintenant se dire au revoir. Elle eut un mouvement étonnant du corps, la rumeur d'un mouvement, et Tristan réalisa qu'elle allait partir. La retenir ? Il voulut lui dire quelque chose, mais, incapable de saisir l'inconnu de cet instant, il ne sut quoi. La voici déjà en train de le remercier, elle s'apprête à disparaître complètement, et, pour une raison qui lui échappe, oui, il voudrait la retenir, comme toujours il tente de retenir les femmes. Lui dire quoi ? À cet instant précis, une chose aurait dû être tentée, mais ne l'a pas été. Alors, fidèle à la rumeur, elle s'éloigne et redevient un de ces fantômes de femmes croisés dans la rue et qui, l'espace d'un instant, retirent au reste du monde toute son importance.

A-t-elle vu, dans son regard ? C'est impossible de le savoir – impossible de savoir, par conséquent, quand commence exactement cette histoire. Peut-être faudrait-il la prendre, trois semaines plus tard, au moment où elle franchit la porte d'un immense appartement, dans une soirée ordinaire. Robe d'été sur musique douce. Tristan l'a tout de suite reconnue, de loin, un verre à la main : la femme de la Librairie Polonaise. Elle, semble ne pas faire attention à lui. Il l'observe de là-bas, recherche longtemps son regard. Elle est accompagnée d'une autre fille qu'il ne connaît pas.

Comment les choses se sont passées ensuite ? Aujourd'hui, il ne se souvient que d'une seule chose : ils sont repartis ensemble. S'ils ont parlé, que lui a-t-il dit exactement ? Il l'a oublié. Elle, en tout cas, ne parlait pas beaucoup, et ses yeux s'échappaient toujours, non parce qu'ils fuyaient quelque chose qu'ils n'auraient pu soutenir, mais parce qu'ils semblaient appelés par un univers éloigné où personne ne pouvait la rejoindre. Quand on lui posait une question, elle mettait un petit temps avant de répondre, comme si elle considérait qu'il était décidément étrange que ce monde la rappelât quelquefois ; puis, d'une voix à peine présente, elle répondait doucement, et l'on avait subitement l'impression qu'il eût mieux valu se taire, ne rien dire, la laisser à sa liberté, à son mystère. Elle n'exprimait aucune hostilité. Aucun désagrément. Seulement, elle n'était pas de ce monde. Elle s'appelait Amélie.

Après la soirée, ils montèrent chez lui. Et, d'une façon inexplicable, quelques semaines plus tard, elle s'installait dans sa vie. C'est ce que je sais.

10

Les débuts d'une histoire à deux prennent souvent l'apparence de la magie. En réalité, c'est le moment le plus pesant, le plus décisif. C'est pourquoi je commence par là. Car tout se joue définitivement : les rôles réciproques se dessinent, les rapports de force s'établissent, une sorte de contrat implicite est signé entre les amants, et toute remise en cause ultérieure de ce contrat est impossible.

Il n'est donc pas anodin que l'attendrissement initial de Tristan soit venu de la fragilité d'Amélie. Belle, peut-être endormie, il la regardait, pourtant ce n'était déjà plus l'objet anonyme d'une conquête. Il était pratiquement certain de l'avoir vue pleurer tout à l'heure. D'ailleurs, son maquillage avait un peu coulé, il passa sa main sur sa joue et une tache noire apparut sur l'un de ses doigts. Cette image ne voulait rien dire, mais il voulut lui donner un sens. C'était pour lui la preuve poétique que les pleurs de cette femme étaient entre ses mains, et qu'il était là pour la protéger. Ce qu'il ignorait, c'est que cette trace noire allait servir d'encre pour un contrat dans lequel il était écrit qu'Amélie serait faible, et qu'il en serait touché. Il était aussi écrit que plus elle serait faible, plus il l'aimerait.

Le lendemain matin, Amélie se regardait dans le miroir de la salle de bain. Elle laissa couler l'eau du robinet pour retirer ses lentilles. Elle avait dû les garder toute la nuit, maintenant ses yeux étaient irrités. En se regardant dans la glace, elle constata que son maquillage avait coulé. Ne jamais dormir avec ses lentilles. Elle chercha dans les placards du coton pour se laver le visage. C'est ainsi qu'elle découvrit, caché derrière d'autres produits, un pot de crème pour la peau. Elle le reconnut immédiatement puisqu'elle avait le même chez elle. À qui pouvait-il appartenir ? À une autre femme ? Le vert de ses yeux se troubla. Elle réalisa subitement qu'elle ne connaissait pratiquement pas l'homme avec lequel elle avait passé la nuit.

Ce pot anodin trahissait, selon elle, le passage d'une autre fille et semblait ainsi lui confisquer l'espoir d'être unique. Y avait-il d'autres femmes dans sa vie ? Elle eut un sentiment de dégoût en imaginant qu'elle n'était peut-être qu'une parmi d'autres. D'une manière générale, elle n'aimait pas les autres femmes. Elle les redoutait, les trouvait méchantes, vulgaires, sottes, sans morale ; sur ce point, nous ne pouvons pas lui donner tort.

Ce qu'elle ignore, en revanche, c'est que la tache noire qui s'impatiente sous ses yeux servira d'encre pour un contrat dans lequel il sera écrit que Tristan sera suspecté de rencontrer d'autres femmes, que cela la rendra triste, et qu'immédiatement elle aura honte de sa tristesse.

Ils se virent de plus en plus souvent. Les amis de Tristan ne comprenaient pas pourquoi il continuait avec cette fille. Lui-même, d'ailleurs, ne le comprenait pas. Il se souvenait du regard qu'il avait posé à l'endroit nu de son épaule, le soir où il l'avait croisée pour la deuxième fois : ce n'était qu'un regard de conquête, rien d'autre. Le prolongement d'un tel regard aboutit normalement dans une chambre et finit par s'évanouir dès le petit matin dans le souvenir des amours d'un soir. Et pourtant, elle était toujours là. Interminablement là. Un jour, Nicolas lui conseilla de la quitter. « Ce n'est pas une fille pour toi ! Tu ne l'aimes pas ! » En un sens, Tristan voyait dans ce conseil la marque véritable de l'amitié. Car, quand un ami ne désapprouve pas une femme, elle risque de devenir la sienne.

— Pourquoi tu dis que je ne l'aime pas ?

— Parce que ça se voit. Tu as de la tendresse, peut-être. Mais c'est rien, la tendresse. Ça ne dure pas très longtemps…

Amélie s'installa progressivement chez lui. Ce fut d'abord quelques objets anodins : une brosse à cheveux, des livres, un flacon de parfum. Des crèmes. Puis elle déposa des affaires de rechange dans la grande armoire. Et, après quelques semaines, les preuves de son existence parsemaient tout l'appartement.

En silence, Tristan était torturé. Il enterrait chaque jour toutes les vies potentielles dont il devait accepter la mort. Il était traversé par des milliers de trains contradictoires, roulant dans des directions inverses et opposées ; il ne parvenait pas à savoir ce qu'il désirait vraiment.

Plusieurs fois, il avait voulu tout arrêter, lui expliquer qu'il n'était pas fait pour vivre à deux. Mais ces volontés se dissipaient dès qu'il la voyait. Pour la première fois, il se trouvait faible. Quand il montrait des signes d'agacement, il suffisait que son regard vert tremble, et immédiatement il s'excusait, la prenait dans ses bras. La consolait. Il était prisonnier de sa tendresse, et plus les semaines passaient, plus cette tendresse avait des arguments.

— Tu ne me quitteras jamais ? demandait-elle parfois avec une naïveté déplaisante.

— Hein ?

— Promets, c'est important.

Il promettait. Cependant, il était en permanence habité par le désir de voir d'autres femmes. Qu'est-ce qui l'en empêchait, au fond ? Il ne croyait pas que l'on puisse contenter toutes ses attentes auprès d'une seule personne. Il n'avait pas de morale. La seule chose qui le retenait était une sorte de peur, la peur de lui faire du mal.

Il pensait à Ulysse qui, prévoyant qu'il succomberait à la tentation des sirènes, s'était fait attacher les mains au mât de son bateau. De la même manière, il évitait tout ce qui aurait pu réveiller en lui le désir d'être libre et séducteur. Quant au monde, révélant ainsi sa propre cruauté, Tristan commençait à le voir comme une femme nue, mais qu'on ne pouvait toucher, interdiction formelle, une sorte de prison du désir dans laquelle il se retrouvait, lui aussi, pieds et mains liés, bandant pour l'éternité.

Ses anciennes maîtresses ne comprenaient pas ce changement. Il ne décrochait plus le téléphone quand elles appelaient, et faisait comme si elles n'existaient pas. En un sens, Tristan avait honte. Il avait même décidé de prendre de la distance avec Nicolas et les autres. L'amour est un isolement que l'on vit à deux. Dans la rue, il avait toujours l'angoisse de tomber sur l'une de ses amies. Amélie riait, se tenait à son bras comme une petite fille, quand lui, dévoré de l'intérieur, rêvait de s'évader de cette prison. Il savait que si l'une d'entre elles le voyait ainsi, elle rirait aux éclats, et ce rire, fût-il imaginaire, lui était insupportable.

Il en venait à ne plus penser qu'aux autres femmes. À leurs corps fantastiques. Il lui arrivait même d'en suivre une au hasard. Pour le plaisir des yeux, comme on dit. Mais ce plaisir ne le contentait pas. Alors quoi ? Faut-il en conclure que Tristan n'aime pas Amélie ? Ce qui est certain, c'est que la tendresse est une forme inavouée de détestation de l'autre. Parfois, il devenait agressif. Pourquoi était-elle venue dans sa vie ? Et pourquoi ne parvenait-il pas à la quitter, à reprendre sa vie d'avant, cette vie qui lui allait très bien ?

Un soir, ils se retrouvèrent chez un ami. Tristan avait un peu bu, et, prenant moins de précautions qu'il ne l'eût fallu, il fit tout pour séduire une fille rousse qu'il ne trouvait pourtant pas particulièrement belle. Amélie s'en aperçut et voulut rentrer. Tristan savait qu'il aurait pu passer la nuit avec cette fille si Amélie n'avait pas été là. La femme avec laquelle il vivait devenait progressivement un obstacle à son bonheur ; il en venait même à lui en vouloir d'exister. Ce soir-là, ils rentrèrent en silence ; ils se couchèrent sans s'adresser la parole.

Quelques jours plus tard, alors qu'il se trouvait seul dans l'appartement, il entra sans raison dans une colère noire. Il se dirigea alors dans la chambre et sortit des placards toutes les affaires d'Amélie. Son idée était très simple : il ferait lui-même ses valises. Quand elle rentrerait, elle les trouverait dans l'entrée avec un mot lui demandant de quitter l'appartement.

Il reviendrait le soir, elle serait partie, et enfin sa liberté, et à nouveau sa joie.

Quand il eut fini les valises, il se calma. Il imagina Amélie les trouver dans l'entrée. Alors, effrayé par sa propre cruauté, il décida de remettre en place toutes les affaires.

Tristan avait un tempérament volcanique, imprévisible, et, parce que cela imposait généralement aux autres de se soumettre à lui, il avait toujours pris cela pour le propre d'une force supérieure. Mais pour la première fois, ne parvenant pas à savoir ce qu'il désirait, il était lui-même soumis à des oscillations permanentes, et en lui le seul point fixe qu'il pouvait désigner avec précision, c'était cette tendresse qu'il prenait pour une faiblesse, et qui en effet en était une.

La vanité de la femme est de vouloir faire de l'homme un être monogame, se disait-il. Sa cruauté est d'y parvenir, parfois, quitte à faire de lui un enfant craintif.

12

Dans la rue, il était de plus en plus attiré par les silhouettes qu'il croisait, et l'interdit donnait à tout ce qu'il ne vivait pas une saveur trop brutale. En imaginant le regard qu'il pouvait poser sur les femmes, je pense à la façon dont un touriste regarderait une ville. Selon les guides, il y a un certain nombre de choses à voir, des monuments, des fontaines, des choses jugées indispensables pour obtenir une vue générale d'un lieu. Pour ma part, j'ai résolu de ne plus jamais visiter les villes dans lesquelles je suis amené à passer. C'est le seul rempart que j'ai trouvé à l'indicible vulgarité du tourisme.

La visite est une façon de réduire un lieu à sa dimension la plus anecdotique et ne permet pas de pénétrer son mystère, sa subtilité, sa part d'éternité. J'étais à Rome, il y a quelque temps, et j'ai assisté à une scène qui me semble bien résumer ce que contient le regard de Tristan. Devant le Forum est arrivé un car de touristes. Dès qu'ils sont entrés dans le champ du monument, ils l'ont pris en photo sans même attendre de descendre du véhicule, avec une frénésie, une rapidité d'exécution terrifiantes. Que craignaient-ils de manquer pour agir de la sorte ? Au fondement du tourisme, il y a la peur de passer à côté des choses essentielles, de ne pas rentabiliser son voyage. C'est d'ailleurs pour cette raison qu'on se procure un guide dans lequel on trouve ce qu'il faut « impérativement » avoir vu. On enchaîne les monuments sans plus jamais rechercher l'émotion ; ce qui est répertorié dans le guide devient le seul, le misérable critère d'appréciation de la beauté. L'objectif devient presque d'additionner les photographies, lesquelles deviendront bientôt les dernières pièces à conviction d'une ambition microscopique, celle de dire : « J'ai fait Rome. » Dix photos. Et bientôt : « J'ai fait l'Italie. » Quinze photos. Ils me font penser à ceux qui lisent « tout Balzac ». Certaines personnes travaillent toute l'année pour s'offrir ce genre de malentendu.

Le mieux serait sans doute de se laisser porter par un lieu, de se défaire de la peur de ne pas être au bon endroit. À Rome, je n'ai vu aucun des monuments jugés indispensables. J'ai pénétré cette ville dans une complète soumission au hasard. Des accidents insignifiants décidaient de mon chemin : le vide d'une place, la silhouette d'une femme, le mystère d'une ruelle. C'est ainsi que je comptais capturer des fragments de la beauté romaine.

C'est ainsi que Tristan a rencontré Amélie. Cette rencontre est l'antithèse de la vulgarité : elle apparaît un jour *dans la rue,* et depuis elle est là, *dans sa vie.* Cette réalité suscite en lui une violence à peine étouffée. Il pense à tout ce qu'il manque en étant auprès d'elle, et c'est justement la peur de ce manque que l'on retrouve dans ses yeux lorsqu'il regarde les autres femmes marcher dans la rue. C'est un regard de touriste. Il est animé par une curiosité vulgaire : il voudrait les voir nues. Pire, il voudrait *se* voir au milieu de ces nudités, comme un touriste se laisse prendre en photo devant un monument dont au fond il se moque éperdument.

Est-ce à dire que Tristan est vulgaire ? Je dirais plutôt qu'il est attiré par une certaine forme de vulgarité, qui est toujours une promesse plus ou moins consciente de coït. De plus en plus, Tristan pensait à des histoires sans lendemain, des histoires qu'il pourrait facilement cacher à Amélie. L'idée de coucher avec une *autre* femme devenait maintenant une idée fixe. À la limite, peu importait la femme. Peu importait le monument.

Ses tourments continuèrent jusqu'au soir par lequel cette histoire aurait pu commencer. Amélie était partie deux jours pour voir sa mère à Rennes. Tristan invita à dîner une certaine O., une fille qu'il avait croisée dans une soirée plusieurs jours auparavant. Elle lui proposa d'aller dans un restaurant italien qu'elle connaissait bien.

Pendant le dîner, ils discutèrent de ce dont il faut discuter pour que l'on finisse sans pudeur dans un lit. Les reliques de la civilisation. Faire le raffiné, le doux, l'intelligent. Je déteste mon époque.

Plus tard, ils se retrouvèrent en bas de son immeuble. Elle lui fit un signe de la tête, un signe qui résonna bien évidemment comme une invitation. Elle avait déjà fait son code. Elle passa la première.

13

Les semaines coulèrent comme des pierres. Cela fait maintenant plus de six mois que Tristan a trompé Amélie pour la première fois. Après O., il a rencontré d'autres filles. Il a revu ses anciennes maîtresses. Il a repris sa vie d'avant. Il apprend à mentir à celle qu'il aime, et il découvre avec surprise que rien n'est plus facile.

Un jour de juin, alors qu'il sort de l'appartement de l'une d'entre elles, il marche dans la rue, sous le soleil, et se dit qu'il est heureux ainsi. Il a l'impression d'avoir trouvé une organisation qui convient parfaitement à ce qu'il attend de la vie.

Son métier d'avocat lui prend beaucoup de temps. Mais il sent qu'avec les femmes il n'a plus besoin de *séduire*, puisque sa vie professionnelle lui donne justement ce genre de satisfaction. Reste le plaisir. Là encore, son métier ne lui est pas inutile. Il a très vite compris la relation qui existait entre les femmes et l'argent. La chose est d'ailleurs évidente ; prenez n'importe quelle voiture : plus elle coûte cher, plus vous avez de chances d'y trouver une belle femme, et cela indépendamment du conducteur. Les choses sont aujourd'hui inversées : au XIXe siècle, c'était par les femmes que l'on accédait au pouvoir et à l'argent ; aujourd'hui, c'est par le pouvoir et l'argent que l'on peut éventuellement avoir accès aux femmes.

Une autre observation : il voit bien que les relations sont devenues impossibles. La plupart des gens ont l'air de suffoquer. Nous avons dû quitter la rive de l'enfance et pénétrer dans une mer glaciale. Bien entendu, au début, nous avons cru qu'il y aurait une rive de l'autre côté. On nous avait raconté ces histoires d'explorateurs que personne ne prenait au sérieux et qui, seuls contre tous, continuaient vers l'inconnu : c'était ainsi qu'ils avaient découvert de nouveaux continents. Nous avons voulu les imiter. Nous nous sommes épuisés à nager vers le large. Un jour nous comprenons qu'il n'y aura jamais de rive devant nous, et qu'aucun retour au temps joli de l'enfance n'est envisageable. Ce jour-là, nous sommes prêts pour la mort. En attendant, reste le plaisir.

Pourtant, ce n'est pas uniquement le plaisir qui explique son attitude, mais plutôt un pressentiment du manque. Comment aménager ce souci avec sa vie en couple ? Tristan a loué un studio, pas trop loin de son bureau. Parfois, il y retrouve une fille. Mais, en général, il préfère aller chez elles. Cela lui laisse la possibilité de partir quand il le souhaite. Ainsi, ses deux vies sont complètement séparées ; aucune des deux ne peut parasiter l'autre. L'amour à mi-temps. Il juge l'organisation parfaite.

Après quelque temps, pourtant, l'estomac d'Amélie commence à gronder. Un soir qu'ils sont au théâtre, elle est obligée de sortir de la salle à cause de la douleur. Tristan attend un peu, espérant la voir revenir, puis la rejoint à l'extérieur. Plusieurs personnes dans le public râlent ; c'est le privilège de ceux qui ont payé.

Tristan retrouve les couloirs vides. Où est-elle ? Il parcourt le théâtre de long en large, elle a disparu. Il reste encore un moment devant l'entrée principale, puis il fait le tour des cafés du coin. Peut-être s'est-elle assise quelque part en l'attendant... Toujours rien. Un instant, il s'imagine qu'elle est partie et qu'il ne la reverra jamais ; à cette pensée, il est pris d'un vertige, un vertige auquel, pense-t-il, il ne survivra pas. Puis il se ressaisit, lui-même surpris par la démesure de sa réaction. Finalement, il décide de rentrer, et la trouve allongée sur le canapé du salon, *en train de gémir*.

Elle lui dit qu'elle a mal à l'estomac. Tristan lui demande, un peu agacé, pourquoi elle est partie sans le prévenir. Elle ne répond pas et se contente de fermer les yeux. Tu veux que j'appelle un médecin ? Elle fait oui de la tête, c'est tout.

Les semaines passent, et son estomac est de plus en plus douloureux. Elle mange de moins en moins. Elle ne dort pratiquement pas. Elle voit bien que Tristan est plus absent qu'avant. Un jour, elle tombe sur des papiers relatifs à un studio que Tristan louerait en plus de leur appartement. Elle n'ose pas lui demander d'explications. Le pire, selon elle, serait de le perdre. Son angoisse de ne pas être à la hauteur, d'être abandonnée déchire les tissus de son ventre. Comme si elle savait.

14

Un jour, M. décida d'appeler directement chez Tristan. En général, elle était censée n'appeler que sur son portable, jamais chez lui. Elle savait très bien qu'elle outrepassait ses droits d'amante occasionnelle, mais c'était justement pour cette raison qu'elle avait composé le numéro, pour se venger de son changement d'attitude. Car Tristan avait changé. Ils se revoyaient, mais toujours pour des moments très courts. Il ne passait plus jamais la nuit chez elle. Le plus souvent, ils se retrouvaient durant l'après-midi, et elle savait que ce changement soudain signifiait qu'une autre femme était entrée dans sa vie.

La première fois qu'elle avait rencontré Tristan, il lui avait expliqué que jamais il ne pourrait *vivre* avec quelqu'un. Malgré ce qu'il prétendait, elle était certaine que ce n'était plus le cas.

Amélie était dans son bain quand le téléphone sonna. Elle se leva dès qu'elle entendit la sonnerie. Comme elle avait mis de la mousse dans l'eau, elle était couverte d'une fine couche de savon, et elle dut se rincer avant de se diriger vers le téléphone. Elle pensait que c'était Tristan, il devait l'appeler pour lui donner un lieu de rendez-vous ; ils avaient un dîner le soir même. Elle attrapa une serviette et se dirigea dans le salon dès qu'elle fut rincée, commentant à voix haute sa propre précipitation : « J'arrive, j'arrive. »

Mais elle arriva trop tard. Le répondeur était déjà lancé. Elle aurait pu décrocher, mais elle ne fit rien, elle resta devant le téléphone, ressentant *une étrange excitation* à l'idée d'écouter le message, sans décrocher. Elle s'attendait vraiment à entendre Tristan. Aussi fut-elle surprise lorsqu'elle découvrit une voix de femme, une femme qu'elle ne connaissait pas. Elle hésita un instant : devait-elle décrocher ? Sa gorge se serra. C'était une certaine M., elle s'adressait à Tristan en lui proposant de le voir un soir de la semaine suivante. Amélie décrocha :

— Allô ?

M. prit volontairement un ton désinvolte et lui demanda si elle pouvait laisser un message à Tristan de sa part.

— Je vous écoute.

— Pourriez-vous simplement lui dire de me rappeler ?

Ses douleurs à l'estomac empiraient, mais ne l'empêchaient pas encore de travailler. En septembre, Amélie fit sa seconde rentrée à l'école Jules-Ferry. Elle s'occupait des deuxièmes années de maternelle et revenait souvent avec des anecdotes sur ses journées, sur ce que lui avaient dit les enfants, qu'elle adorait.

(Parfois, dans le secret de la salle de bain, elle pose sa main sur son ventre, qu'elle fait ressortir en se cambrant comme si elle attendait un bébé, et lui parle à voix haute. Elle dit : « Comment vas-tu, mon amour ? C'est maman. Un jour, nous serons ensemble et la vie sera encore plus belle. En attendant, profite bien du chaud de mon ventre. Je me suis appliquée pour te faire un nid tout douillet... » Elle regarde alors ses seins et se demande comment ils seront le jour où elle sera vraiment enceinte.)

Tristan passe beaucoup de temps à l'observer. Il a l'impression qu'Amélie vit dans un autre monde, un monde parallèle à celui qu'ils partagent. Souvent, elle chantonne. Sa voix est d'une douce fragilité, et constitue, pour lui, la marque de ce monde intérieur auquel il n'a pas accès. Elle reste parfois debout, le front collé à la fenêtre comme un enfant qui regarde au loin. La substance précise de ses pensées n'a pour le moment aucune importance. Elle se perd dans un rêve qui lui appartient. Et n'est-ce pas l'unique chose qui lui appartienne vraiment ?

Quand elle est seule, elle passe de longs moments à écouter de la musique. Il lui arrive de danser. En ce moment, elle met souvent un disque de Chopin. Elle aurait bien aimé être pianiste. Elle ferme les yeux, et c'est la musique de l'exil qui résonne dans sa tête. Elle voit les plaines polonaises s'étendre au loin, et, par-delà les notes, cette confidence doucement faite : le monde contient finalement plus de larmes que tu ne le pensais.

Ils couchent de moins en moins souvent ensemble. Tristan a l'impression qu'elle pourrait facilement se passer du sexe. Pourtant, pour contrecarrer son éloignement, elle voudrait tout lui donner, devenir aussi sa maîtresse, mais elle ne sait pas comment s'y prendre, n'ose rien lui dire.

Une fois, ils étaient allés dîner chez un couple d'amis. L'idée du « couple d'amis » était pratiquement insupportable à Tristan. Mais le pire restait à venir : à un moment, la fille se tourna vers eux et leur demanda sur le ton de la plaisanterie quand ils comptaient se marier. Amélie regarda Tristan comme si lui seul pouvait répondre. Il ressentit alors une gêne désagréable, puis, déguisé dans un faux sourire, il rappela qu'ils avaient « tout le temps, non ? ».

16

M. vit dans un grand appartement. Elle s'est levée. Tristan est toujours allongé sur le lit. Il la regarde de dos. Il est étonné de constater que ce corps l'attire encore, après toutes ces nuits.

Elle remet son soutien-gorge. Et, comme si de rien n'était, sans même prendre le soin de tourner la tête, elle demande à Tristan :

— Au fait, ta femme, elle fait quoi ?

Tristan la regarde avec admiration, stupéfait. Elle lui a posé cette question sur un ton neutre, pour mieux signifier sa victoire.

— Je ne suis pas marié.

— Oui, enfin, c'est la même chose...

— Elle est institutrice.

M. se retourne dans l'unique intention de lui montrer son amusement. Sans trop savoir pourquoi, elle s'était imaginé qu'*elle* était « artiste ». Une musicienne, quelque chose comme ça.

— Tu veux dire que tu vis avec une maîtresse d'école ?

Tristan hausse les épaules.

— En quelque sorte, oui.

Elle est maintenant en sous-vêtements. Elle s'approche, se tient juste au-dessus de lui, sans pourtant le toucher. Tristan décèle dans son regard quelque chose qui ressemble à de la haine. En général, elle ne reçoit aucun homme chez elle. Elle préfère aller chez eux. Pourtant, dès le début de leur liaison, Tristan est toujours venu ici. Ils ne sont jamais allés à l'hôtel ensemble.

— Pourquoi tu me poses ces questions ?

— Parce que ça m'intéresse...

Pourquoi avait-elle imaginé Amélie en artiste ? Pour elle, être artiste, c'est le stade le plus élevé de l'épanouissement de soi. Elle considère pour sa part qu'elle n'a aucun talent particulier. Elle aurait bien voulu faire quelque chose de sa créativité, mais elle ne se sent pas douée. C'est pour elle une sorte de complexe.

Elle regarde Tristan, elle trouve subitement qu'il a vieilli. Elle ne le connaît que depuis deux ans, mais elle voit bien que quelque chose a changé en lui. Une sorte de lourdeur. Quel âge peut-il avoir ? Il est encore jeune. Il y a deux ans, il représentait un centre de gravité. C'est ce qui l'a attirée, chez lui, cette facilité avec laquelle il amenait les autres à lui, la fascination qu'il savait susciter sans effort.

— Tu l'aimes ?

— Quoi ?

Il retrouve alors ce regard sévère qu'elle lui connaît bien, et qui lui fait peur.

— Je te demande si tu l'aimes, c'est tout.

— J'ai entendu…

— Je suis sûre qu'elle t'aime, elle. Et toi, comme tu ne sais pas déplaire…

Sa sévérité s'efface : sur son visage, on ne devine plus qu'une tendresse amusée, féminine.

— T'es jalouse ?

Il se met à rire. Et, comme elle ne sait pas comment réagir, elle simule à son tour le rire.

17

Amélie a les yeux fermés, elle lutte contre le sommeil. Elle lui raconte qu'elle n'a pas toujours eu envie d'être institutrice. Tristan passe sa main sur son front ; elle a de la fièvre.

— Au début, je voulais enseigner le français. J'avais même commencé des études de lettres. Une fois, au mois de mars, j'ai travaillé dans un institut qui donnait des cours de rattrapage pour des collégiens en difficulté. C'était l'année de leur troisième. Ça a duré une semaine. Tu vois, c'était la première fois que je me retrouvais face à une classe. J'étais un peu émue. La journée, je donnais ces cours ; la nuit, je préparais ceux du lendemain. Parce que je ne me souvenais plus bien du programme. Je m'impliquais vraiment. Le dernier jour, vers la fin du cours, j'ai ressenti un soulagement. Je me suis dit que tout s'était bien passé. J'avais été à la hauteur, tu comprends ? À l'époque, c'était important pour moi. Tu vois, je croyais que ça les avait intéressés. J'ai senti un peu d'agitation. J'ai demandé quelle heure il était. (J'avais oublié ma montre.) Ils m'ont répondu : « Cinq heures ! » Voilà, c'était fini. Ils se sont tous levés. En deux secondes, il n'y avait plus personne. Je leur avais laissé mon numéro, tout ça, au cas où ils en auraient besoin. Puis j'ai rangé mes affaires, j'étais heureuse, et je me suis dirigée vers la salle des profs. C'est là que j'ai croisé le directeur de l'institut. C'était horrible. Il m'a regardée fixement, comme pour me demander des explications. Moi, je ne comprenais pas. Et soudain j'ai regardé l'horloge, et j'ai compris. Ils m'avaient menti : il n'était que quatre heures et quart. Ils avaient voulu sortir le plus vite possible. En soi, ce n'était pas très important, c'était même compréhensible, mais je crois que c'est la première fois que j'ai vraiment compris ce que ça voulait dire que d'être seule.

— Pourquoi tu me racontes ça ?
— Pour rien. Je sais pas. Comme ça.

18

Trop souvent, Amélie avait des gestes incohérents. Ses douleurs à l'estomac ne se calmaient pas. Tristan culpabilisait de ne pas tout faire pour la rendre heureuse. En mai, ils résilièrent la location du studio d'Amélie. Encore une fois, il agissait contre ses principes : même si elle ne vivait plus dans ce studio depuis un certain temps, c'était donner à leur histoire une dimension officielle, provisoirement définitive. Alors, comme s'il avait voulu échapper à quelque chose qui de toute façon le rattraperait, Tristan proposa de chercher un appartement plus grand. Ils emménagèrent quelques semaines plus tard dans un atelier au 34, rue de Verneuil. Le soir de leur installation, ils invitèrent quelques amis à dîner. L'un d'eux, Pierre, venait d'acheter un bateau qui s'appelait *Lafcadio*. On trinqua à ces deux nouvelles acquisitions. Lafcadio est aussi le nom d'un des personnages de Gide dans *Les Caves du Vatican*. Pierre raconta la fameuse scène de l'acte gratuit : Lafcadio se trouve dans un train qui le mène à Rome et, sans aucune raison, sous l'emprise d'un caprice indéterminé, il décide de jeter par la fenêtre le voyageur avec lequel il partage son compartiment.

Le soir, dans son lit, Tristan s'imagina dans ce train. Il se rappela alors, avec une douleur saisissante, la vie qu'il avait toujours voulu avoir, cette vie à côté de laquelle, petit à petit, il passait, l'aventure, ce train de folie dont il ne doutait plus, aujourd'hui, qu'il resterait définitivement immobile, à quai. Amélie dormait déjà. Il la regardait sans savoir ce qu'il ressentait vraiment. La prendre et la jeter par la fenêtre ? Tout ce qu'il savait, c'est qu'il commençait déjà à regretter son ancien appartement.

Le lendemain, il alla dans une librairie pour acheter le roman de Gide. Il l'ouvrit comme il le faisait avec la Bible quand il était enfant, au hasard, et tomba sur cette phrase qui le laissa dans une stupeur évidente : « 34 rue de Verneuil, se répétait-il en marchant ; 4 et 3, 7 : le chiffre est bon. » La coïncidence lui parut impossible. La stupeur tourna à l'angoisse.

Le hasard semblait composer des prisons invisibles. Il décida de ne pas en parler à Amélie, qui semblait maintenant heureuse et apaisée.

Mais son sourire ne dura pas très longtemps. Bientôt ses douleurs recommencèrent. Il s'était passé quelque chose que Tristan n'avait pas compris. L'avait-elle surpris avec une autre fille ? Cela lui semblait peu probable. Un jour, en plein milieu de l'après-midi, elle eut une crise. Si bien qu'aussitôt averti Tristan l'emmena voir un médecin qui ne trouva rien de particulier.

« L'estomac est une zone très sensible, expliquait-il. Il ne faut pas manger de choses acides pendant un certain temps. Je vous prescris des médicaments, et si vous avez encore mal dans trois semaines, il faudra faire des examens plus poussés. »

Trois semaines plus tard, les examens ne donnèrent aucune réponse satisfaisante. Amélie aurait presque souhaité qu'on lui trouvât un ulcère. Car la douleur qui n'a pas de nom est encore plus douloureuse. Les analystes conclurent que le mal était psychologique. Amélie ne disait rien, humiliée.

Le médecin prit Tristan à part. « Il faut qu'elle prenne soin d'elle. A-t-elle des contrariétés ? Les choses pourraient empirer... »

Sur le chemin du retour, ils ne dirent rien. Tristan repensait à ce que lui avait dit le médecin. Il aurait voulu la protéger. Mais de quoi ? De lui-même ? Il la regardait du coin de l'œil. Se doutait-elle de ses infidélités ? Comment pourrait-elle savoir ? Ces questions tournèrent dans sa tête pendant tout le trajet. Comme à son habitude, il roulait trop vite.

Le feu passe à l'orange, mais Tristan accélère. Amélie se recule dans son fauteuil et s'accroche à la ceinture de sécurité. Ils traversent le carrefour à toute allure, et une voiture venant sur la droite klaxonne furieusement.

Il sait pourtant que je déteste prendre ce genre de risque, pense-t-elle. La mort est une seconde d'inattention.

Un peu plus loin, rue de Rivoli, un autre feu passe à l'orange, et Tristan ne freine toujours pas.

— Ralentis ! dit-elle alors.

Tristan est surpris du ton de sa voix. Elle a pratiquement crié. La voiture s'arrête à temps.

— Tu veux nous tuer ou quoi ? ajoute-t-elle plus doucement.

Il ne répond pas.

20

À peine sont-ils arrivés à l'appartement qu'Amélie va dans la cuisine. Elle se tient debout, le front collé à la fenêtre, et elle regarde au loin. Elle se sent faible et humiliée. Elle a eu le sentiment que le médecin lui parlait comme à une folle. Bientôt elle deviendra un poids pour Tristan. Elle ne veut plus retourner voir ce médecin.

Encore une fois, les larmes lui viennent aux yeux. C'est pourquoi elle les ferme. Elle se déteste pour cette facilité avec laquelle elle se met à pleurer. Elle voudrait tout nier en bloc. Être forte et rendre Tristan heureux. Elle est sans doute un peu naïve. Mais qui peut différencier avec exactitude la naïveté de la pureté ? Elle a toujours cru que la vie ressemblerait à un conte. Et où sont-ils, les châteaux, les enchantements, et tous les magiciens ?

Aujourd'hui, elle sait qu'il voit d'autres femmes. Parfois, elle imagine la façon dont il aurait pu la tromper, et les larmes, immédiatement, lui viennent aux yeux. Ils se seraient d'abord rencontrés dans une soirée ordinaire, comme des milliers de gens se rencontrent chaque soir. Puis, il l'aurait invitée à dîner, avant de la raccompagner chez elle. Amélie voit très bien la scène : il se trouve en bas de son immeuble, elle lui fait un signe discret, un signe qui résonne bien évidemment comme une invitation, et elle lui propose de monter boire quelque chose. Toutes ces images tournent en rond dans sa tête. Elle se répète, elle se répète la scène pour comprendre à partir de quel moment, de quel moment il l'a trompée.

Elle repense au pot de crème qu'elle a trouvé dans ses affaires le premier matin. Elle aurait dû écouter le sens de cet indice. En lui, elle commence à détester cette animalité joyeuse, cette désinvolture un peu sauvage à laquelle, elle le sait, des femmes trop nombreuses doivent succomber.

Tristan se tient debout, devant la porte de la cuisine. Amélie lui tourne le dos, elle ne veut surtout pas qu'il la voie ainsi, pleine d'émotion. Il s'approche d'elle. Dépose sa main sur son épaule. Elle fait un petit mouvement pour lui échapper.

— Qu'est-ce qui se passe ?

Elle ne sait pas ce qu'elle doit répondre. Son estomac gronde encore.

— Il faut que je prenne mes médicaments.

Elle tente de s'éloigner, mais il la prend dans ses bras.

— Qu'est-ce qu'il y a ?

Elle sent une boule de tristesse au fond de la gorge.

— J'ai l'impression que tu ne m'aimes plus, finit-elle par dire, noyée dans ses larmes.

Alors, torturé par l'émotion, il lui prend les mains et les embrasse.

— Tu dis n'importe quoi. Tu es la plus belle chose qui me soit arrivée...

— Merci pour « chose », dit-elle en reniflant.

21

Elle continue de suivre les conseils du médecin, mais elle se rend très vite compte que cela n'arrange rien. Elle est de plus en plus malade.

Tristan ne sait plus comment réagir. Quoi ! Ne peut-il pas renoncer aux femmes qui l'entourent ? Certains matins, Amélie ne peut même pas aller travailler. Le directeur de l'école, qui est un ancien instituteur, la remplace provisoirement. Elle reste ainsi la journée dans son lit. Parfois, Tristan a l'impression qu'elle est mourante.

Il est dans son bureau depuis le début de la journée, et refuse qu'on le dérange, ne décroche plus le téléphone, il veut absolument rester seul jusqu'à ce qu'il prenne une décision irrévocable.

Il se regarde dans la glace, sourit à l'impeccabilité de son image. Sous cette lumière, on pourrait lui donner dix ans de plus, c'est étrange. Dans le cabinet, il est de loin le plus jeune, de loin le plus brillant – il ne l'ignore pas. D'ailleurs, il déteste les gens avec lesquels il travaille. Pourquoi a-t-il choisi ce métier alors ? Peut-être aurait-il pu faire de grandes choses dans sa vie, s'il avait combattu cette peur de se priver de certains possibles, s'il avait accepté de se mutiler – il faut se mutiler, se dit-il à voix basse, mais de quoi ?

Quand il était plus jeune, étudiant, il avait ressenti la même incapacité à savoir quelle vie il désirait. Il enviait secrètement ceux qui, par manque de talent ou par vocation, ne se posaient plus la question. Il avait fait ses études comme on se laisse emporter par un courant calme. Rien d'autre que cette indifférence ne l'avait prédestiné aux études de droit, puis au carnaval de diplômes dont il pouvait se prévaloir. Il avait maintenant une respectabilité et un pouvoir d'achat. C'était bien. La réussite professionnelle lui semblait être l'exigence la plus accessible puisque au fond elle ne dépend que de soi. Rien n'était comparable aux tourments que l'on pouvait ressentir auprès des femmes – et ces tourments étaient à la mesure de ce qu'il pressentait en lui.

Il se disait parfois qu'il y avait une certaine beauté à mener une double vie. Oui, une certaine beauté. Mais il ne pouvait pas nier la nullité grotesque de la sienne. Quoi ! Il vivait avec une femme qu'il ne parvenait pas véritablement à aimer, il la trompait, incapable de sacrifices, et la faisait souffrir. Il manquait d'amour, voilà tout. Il avait toujours rêvé d'une vie héroïque, mouvementée, brûlante, mais l'époque des héros est aujourd'hui ensevelie.

L'amour eût été la délivrance, mais il s'agit là d'une vieillerie incompatible avec le fonctionnement actuel du monde. On a lentement évincé la gratuité de nos vies. Quant à la tendresse dont on se contente généralement, cela ne pouvait suffire. L'attendrissement non plus. L'attendrissement prend la place de l'amour, alors qu'il n'en est que la caricature.

On est attendri par une femme quand on la sait digne d'être aimée – mais qu'on ne l'aime pas.

22

La quitter ? Cela aurait peut-être été la solution. Oui, mais faire souffrir quelqu'un, c'était souffrir deux fois. Il faut tellement de courage pour accepter de décevoir l'autre. Il lui suffisait d'imaginer Amélie en larmes pour désamorcer toute envie immédiate de rupture. Lui dire quoi ? Qu'il n'était pas heureux ? Qu'il avait besoin de retrouver sa liberté ? Et qu'en ferait-il, de cette liberté retrouvée ? Sans doute repartirait-il à la conquête de la vie. Mais à elle, que lui resterait-il ? Rien. Il était devenu un élément de son identité. Partir, c'était abandonner une enfant sur le bord de la route ; c'était lui couper les vivres. À cette pensée, un frisson d'horreur le traversa. Elle était capable de tout dans la détresse. La force des faibles se réduit souvent à cela : susciter chez l'autre des culpabilités virtuelles. En tout cas, le piège semblait définitif.

Un temps, Tristan avait cru que toutes les grandes incertitudes cesseraient, que sa vie, délivrée par la maturité, prendrait une forme cohérente avec ses désirs. Aujourd'hui, il voyait les choses différemment. Ou, plus précisément, elles s'imposaient à lui différemment. Toutes ces années difficiles, dans son adolescence, ces années de nudité, de doute et d'exigence, ces années dont il ne lui restait qu'un souvenir obscur de souffrance, lui apparaissaient aujourd'hui comme us belles de sa vie ; et, à l'inverse, celles pendant esquelles il avait été infirme de la volonté, traquant les plaisirs comme un malade du cœur, devenaient d'une singulière laideur. Il fallait renoncer. Il ressentait sur le moment un dégoût sincère pour lui, pour sa vie. Oui, il fallait renoncer.

Mais renoncer à quoi ?

23

Il sent bien que quelque chose dans son organisation s'est effondré. Avant, il allait voir des femmes pour se nourrir de la vie, et, en le faisant, il ne répondait qu'à un appétit féroce, une sorte de boulimie vitale. Aujourd'hui, les choses ont changé. Il sait que son plaisir a pour contrepartie directe la souffrance d'Amélie. Ce plaisir porte ainsi une responsabilité nouvelle et lui laisse maintenant un arrière-goût de débauche. Il lui arrive même de retrouver une femme sans véritablement en avoir envie. Comme s'il était animé par une nécessité destructrice, une espèce de vocation pour le crime. Que cherche-t-il, au fond ?

En tout cas, il ne parvient pas à retrouver cette jubilation des premiers temps. Il est même un peu déprimé. La vie semble avoir lentement évolué vers quelque chose de plus tiède.

Amélie est malade, elle a des cernes, elle est faible, triste, prête à s'écrouler, et il sait qu'il en est responsable. Il l'a poussée jusque dans ces zones morbides où il peut l'aimer pleinement. Il comprend qu'il la détruit petit à petit, et qu'elle se laissera faire.

Sans doute l'intelligence consiste-t-elle à pouvoir cumuler des idées contradictoires, sans pour autant perdre sa capacité à vivre, à penser, à agir. Savoir, par exemple, que tout est destiné à mourir, et croire en même temps à l'avenir comme un enfant qui ne sait pas encore. Mais voilà : il ne peut plus continuer ainsi. Les deux vies qu'il mène sont fondamentalement incompatibles. Entre les deux, même s'il s'en sent incapable, il doit choisir.

En géométrie, une « sphère » est une surface dont tous les points sont à égale distance du centre.

Tristan est prisonnier d'une sphère, puisque tous les objets désirables qui l'entourent se trouvent à égale distance de son moi. Il ne parvient pas à savoir celui qu'il préfère.

Cette sphère est la figure de l'immaturité moderne. Elle positionne l'être comme un enfant dans le ventre de sa mère, et, à travers cet état d'incertitude permanente, c'est notre propre commencement que nous recherchons.

« Au commencement était le Verbe », écrit saint Jean. « Et le Verbe était Dieu. » Mais qu'y a-t-il de divin dans le commencement ? Un bébé est probablement plus proche de Dieu que n'importe quel homme, fût-il saint. Car il est une pure potentialité : il peut encore *tout* devenir, puisque rien n'a encore commencé. Et la modernité, me semble-t-il, est hantée par le fantasme de se maintenir dans cet état de pure possibilité. Je voudrais pouvoir *tout* devenir. Ne fermer aucune porte sur l'infini des possibles. Nous en venons à *tout* désirer, tout et son contraire. Mais désirer tout et son contraire, cela revient à ne rien désirer du tout, et à sortir de l'existence.

Nous voulons cette femme, et toutes les autres ; cette vie, et toutes celles qui lui sont radicalement opposées. Nous recherchons avec frénésie ce monde où rien ne daignait s'actualiser, celui qui précède d'un instant la naissance – et comme cela est structurellement impossible, nous développons une violence démesurée contre nous-mêmes et contre les autres.

24

Il avait maintenant envie de quitter son bureau, mais il attendait un certain Nicolas Couturier, à qui il avait donné rendez-vous. Il comptait probablement l'engager dans son cabinet. Nicolas avait vingt-huit ans ; c'est du moins ce qu'indiquait son dossier. En vérité, Tristan trouvait qu'il faisait beaucoup plus jeune. Une sorte de fraîcheur innocente rayonnait sur son visage un peu rond. Pour une étrange raison, Tristan avait de la sympathie pour lui. Ainsi que de la compassion. Il portait le même prénom que son meilleur ami. D'ailleurs, de nos jours, tout le monde s'appelle un peu Nicolas.

Il arriva à l'heure. On le fit entrer dans son bureau. Il avait un sourire forcé, cet odieux sourire que l'on est censé arborer devant ceux qui ont plus de pouvoir que soi ; visiblement, il faisait semblant de se sentir à l'aise. Il serra la main de Tristan avec un peu trop d'enthousiasme, mais se ravisa aussitôt et s'assit. Il le remercia vivement pour cet entretien. Il semblait mettre tellement de cœur dans sa vie professionnelle.

Tristan lui donna satisfaction en tout point. Il ne tenta même pas de négocier. À la fin, il lui demanda quand il pourrait commencer.

— Dans un mois, comme convenu, répondit-il immédiatement.

— Vous partez en voyage de noces, à ce qu'on m'a dit...

— Exactement. Je pars dans une semaine. Au Brésil.

— Très bien.

Il le considéra longuement. Il voyait bien qu'il vivait tout cela dans une atmosphère de joie. Après tout, un mariage et un nouveau poste, c'était plutôt joyeux.

Quel genre de vie pouvait-il avoir ? Il rentrera sans doute directement chez lui, tout à l'heure, et il racontera à sa nouvelle femme l'entretien en détail. « J'ai posé mes conditions, et il n'a même pas sourcillé, le boss ! » Elle sera heureuse pour lui, et il sera fier de la sentir heureuse pour lui. Du coup, le lendemain, ils iront acheter des meubles chez Ikea.

Nicolas le regardait respectueusement sans oser interrompre sa rêverie... Très bien, le Brésil. Oui, très bien, et le mariage aussi, très bien. On porte une bague même les soirs où l'on sort sans elle. C'est très bien, mais ce n'est pas pour moi ! Le temps des toujours. On se fait des sourires pleins d'ardeur. On oublie les autres, on oublie même les autres femmes, hein ? Moi, je ne peux pas oublier. Vous comprenez ? Et pourtant, j'ai toutes les raisons de les détester, les autres femmes, de ne pas les respecter. Je connais leur jeu, je sais ce qui les captive, les idiotes. Et d'ailleurs, des femmes pour quoi ? Pour leur sourire ? Leurs seins ? Pour tout dire, je me moque pas mal de ces quelques minutes de crispation au lit. Je les trouve souvent décevantes, vulgaires. Dégradantes pour tout le monde. Du moins je n'en sais rien. Sinon pourquoi sans cesse recommencer cet éternel manège des habits qu'on envoie en l'air, des caresses et tout le cortège des faux élans ? Il y a autre chose. Et *elle*, pendant tout ce temps, elle qui reste seule ! Et qui m'attend là-bas. Vous comprenez la monstruosité ? Je suis comme prisonnier des femmes. Je serai éternellement fils de la femme, c'est certain. En vérité, je n'aime pas les hommes ; pour la plupart ils m'ennuient. D'ailleurs, vous ne faites pas exception. Veuillez me laisser maintenant, merci.

Une fois seul, Tristan rangea quelques affaires traînant sur son bureau, se regarda à nouveau dans le miroir et décela, au plus profond de ses yeux, un *appétit féroce de destruction*. Puis il prit son manteau et sortit. Dans le couloir, il croisa un des avocats du cabinet, un petit gros sans intérêt qui manifestait toujours le désir ambitieux de parler avec lui, et qui, cette fois encore, lui tendit la main avec bonhomie. Tristan le salua de haut.

Il alla voir sa secrétaire pour lui signifier qu'il partait. Elle baissa les yeux pour montrer qu'elle n'avait rien à dire, mais qu'elle n'en pensait pas moins. Tristan n'avait pas oublié qu'il avait un rendez-vous une heure après. « Je ne serai pas de retour à temps ; il faudra l'annuler », dit-il.

Il sortit du cabinet avec un certain soulagement. Il se mit à marcher sans véritablement savoir où il allait. Il pensa au Brésil. Puis à Deauville. C'était déjà moins loin. Il était censé y aller le week-end prochain avec Amélie. Quand avait-il pris cette décision ? Il ne s'en souvenait plus. Il avait réservé un hôtel, c'est à peu près tout ce qu'il savait. Il n'avait pas du tout envie d'y aller. Il savait pourtant que ça faisait plaisir à Amélie. Au fond, c'était uniquement pour elle. Et, à bien y réfléchir, Deauville, ce n'était pas le Brésil ; c'était quand même moins loin.

Il avait laissé sa voiture au parking. Il irait donc à pied chez elle. Il n'aimait pas du tout prendre les transports en commun. Le pire, selon lui, c'était le train. On tombe toujours dans le mauvais wagon. La bêtise a quelque chose de sacré : comment expliquer autrement cette envie féroce, quand on la croise, de blasphémer contre elle et de lui faire la peau ? Dans le train, le spectacle des autres est un spectacle insupportable : ça respire, ça parle mal et ça fait du bruit. On en vient à comprendre ceux qui dérapent et qui, soudainement, se révèlent assassins, tueurs, meurtriers : l'aspiration superbe au calme, au silence iconoclaste. Il eut une pensée pour Lafcadio.

Ses pas le menèrent rue de Rome. Je dis « ses pas » pour laisser une place au hasard. En réalité, s'il avait quitté son bureau, c'était, sans se l'avouer tout à fait, pour retrouver A.

Serait-elle chez elle ? En général, elle travaillait dans son appartement. En montant les escaliers, il eut un doute : à cette heure-ci, elle serait probablement dehors. Il fut étonné de la peine qu'il ressentit. Il aimait passer du temps avec elle. Mais il n'était pas dupe de lui-même : s'il voulait la voir, c'était surtout pour se laisser convaincre de quitter Amélie.

25

A. avait un peu plus de trente ans. Elle voyait Tristan depuis un certain temps, et je crois qu'elle l'aimait plus qu'elle ne le prétendait.

Tristan avait pour elle une affection presque fraternelle. Il se souvenait des débuts de leur relation avec beaucoup d'émotion. C'était d'abord le sexe qui les avait liés, mais très vite quelque chose d'autre s'était installé entre eux, une sorte de complicité irréfragable. Bien sûr, ils ne se voyaient pas très souvent, surtout depuis qu'il y avait Amélie, mais cela ne changeait rien à la continuité de leur histoire.

Elle ouvrit la porte au moment précis où il sonnait. En le voyant, elle eut un sourire compliqué, encombré de pensées mystérieuses.

— Tu attendais quelqu'un d'autre peut-être, demanda-t-il avec un regard sombre.

— Non. Entre. J'étais en train de travailler…

Il eut envie de la prendre dans ses bras, mais elle s'éloignait déjà. Il posa son manteau sur un fauteuil dans le couloir, près de l'entrée. Elle portait une robe d'été sans soutien-gorge et marchait pieds nus. À sa main, une bouteille d'eau.

— Tu vois, je deviens insupportable : je passe chez toi sans prévenir.

Autre sourire compliqué.

— Tu as eu raison, dit-elle.

Elle lui proposa une tasse de café qu'il accepta. Elle voyait bien qu'il se passait quelque chose, mais elle ne savait absolument pas quoi. Il semblait comme absorbé par lui-même.

— Tu ne travailles pas ? dit-elle.

— Non.

— Ah ?

— Tu as raison, je te dérange.

— Non, reste !

Il se rassit avec froideur.

— Tu n'as pas l'air d'aller…

Il ressentait effectivement une peine profonde, qui semblait se déployer en lui, élargir irrémédiablement son empire. Il n'avait pas l'air d'aller ? Il détestait cette image : il ne se respectait que *fort*. Ou, plus exactement, *elles* ne le respectaient que fort. La force ! Elles n'avaient que ce mot à la bouche. Comment ne pas sentir qu'il fallait jouer la comédie de la force pour pouvoir les posséder ? Elles avaient sans doute quelques égards pour d'autres qualités, mais ce qui leur plaisait le plus, ce pour quoi elles étaient prêtes à se perdre, c'est-à-dire à se donner, c'était la force, uniquement la comédie de la fausse force. Il fallait donc parler avec une voix grave, d'un ton assuré, avoir le regard sévère et les épaules larges, étouffer en soi l'enfant qui pleure, n'avoir pas peur de la vie, de l'avenir, de tout ce qui, généralement, les fait trembler le soir quand elles se retrouvent seules, et alors le délice et l'abandon dans leurs yeux ! Il n'avait pas l'air d'aller ? Est-il seulement possible, auprès d'une femme, d'avouer qu'on est le plus fragile des hommes, sans immédiatement perdre toute sa considération ?

Il lui fit un sourire au-dessus de tout soupçon. Il sentait pourtant qu'elle était distante, et l'attirance que l'on peut avoir pour une femme tient parfois moins à ses qualités propres qu'à une sensation d'éloignement, une voix plus réservée qui préfigure la perte prochaine.

Tout à l'heure, il marchait dans la rue, et il se disait qu'au jour il avait toujours préféré la nuit – et plus particulièrement ce moment fuyant où l'on passe de l'un à l'autre, doucement, avec une sorte d'économie des teintes. Il faut n'avoir jamais connu l'enfance pour ne pas comprendre l'étrange crainte du soir. Et pourtant, avec elle, le recul progressif du jour apporte une sorte de soulagement. Nous retrouvons alors un profond mystère : que s'est-il passé ? Les terrasses des cafés se sont soudainement vidées. Règne dans les rues une incertitude nouvelle. La circulation est moins dense. Les gens rentrent chez eux – avant de ressortir ? Nous sommes à l'entracte où chacun change de costume. Nous savons *qui* nous étions. Nul ne sait ce que nous serons tout à l'heure.

À Paris, lorsque la nuit approche, ce sont surtout ces boulevards pleins de lumières inutiles qui l'impressionnent. Ou, à l'opposé, ces petites rues encore pavées que l'on trouve du côté de Montmartre et qui, à cette heure étonnante, semblent tisser des complots de silence comparables à ceux d'une plage abandonnée par la saison. L'entracte va bientôt prendre fin, regagnons la salle, car il fera bientôt noir.

A. ne sait pas quoi dire. Elle tient dans ses deux mains sa tasse de café. Quant à Tristan, il regarde dans le vide avec un peu trop de complaisance : elle a visiblement cessé d'exister pour lui.

— Qu'est-ce qu'il y a ?

— Les nuits me plaisent, c'est tout.

Elle fit un sourire avec un effort vers l'indifférence dont l'insuccès avait quelque chose de profondément touchant.

— Oui, je n'aime que la nuit, reprit-il. Les nuits d'hiver, quand il pleut et qu'il n'y a personne.

— Qu'est-ce que tu racontes ?

— Ou alors ces nuits où l'on se sent seul et où l'on va trouver une fille sur le bord d'un trottoir. C'est comme ça qu'on s'est rencontrés, non ?

Elle le regarda un instant sans parvenir à savoir s'il plaisantait ou non. Ce n'était pas de l'ennui, ni de l'indifférence. Mais une forme violente de désespérance qui, comme une lumière trop intense, ne révèle de chaque chose que son immonde réalité – l'ombre projetée sur un mur blanc.

Pour changer de sujet, A. lui raconta l'article qu'elle était en train d'écrire. C'était le portrait d'un écrivain qui venait de mourir, un certain Philippe Soti, génial poète, mais complètement inconnu.

— Soti était un peu aigri, expliqua-t-elle. Il faut dire qu'il était pratiquement oublié. Dans ses dernières années, il a décrété qu'il ne recevrait plus aucun lecteur. Comme pour les punir d'être de moins en moins nombreux. Par compassion, sa femme allait sonner de temps en temps à la porte... Qu'en penses-tu ?

— Rien.

— Tu ne m'écoutes pas ?

— Non.

A. se leva d'un coup, furieuse. Elle n'avait pas que ça à faire. Il venait chez elle sans la prévenir et jouait au fou. Vraiment, ça ne l'amusait pas du tout. Maintenant, s'il le permettait, elle voudrait bien se remettre au travail. Elle avait déjà pris du retard aujourd'hui. Et, bien qu'il préférât les nuits d'hiver, on était encore au beau milieu de la journée, de surcroît en été, et elle devait finir son article.

Il la regarda sévèrement. Il s'approcha d'elle et lui caressa la joue ; elle était sur la défensive.

Je t'aime, lui dit-il alors.

Elle parut surprise. Lui aussi. Il ne le lui avait encore jamais dit. C'était sorti tout seul. Au même instant, il réalisa que cette phrase ne voulait rien dire. Elle resta figée devant lui, cherchant la réaction qui convenait à ce genre de déclaration.

— À quoi tu joues ? Depuis que tu es entré dans mon appartement, tu dis n'importe quoi !

Tristan se leva subitement.

— Tu t'en vas ?

Il ne répondit pas et se dirigea vers la sortie d'un pas élégant que rien ne semblait pouvoir atteindre.

— Tu es fou.

Il ferma la porte derrière lui, et A. eut un sourire, comme si elle savait qu'il comptait revenir.

Vingt secondes plus tard, on sonnait.

Tristan attendait sur le palier et se sentait un peu ridicule. Effectivement, à quoi jouait-il ? Il sonna une deuxième fois. Elle ne venait pas. « Pourquoi met-elle tout ce temps ? » Un instant, il crut qu'elle allait le laisser dehors. Son admiration pour elle redoubla.

Il repensait à ce qu'il lui avait dit, concernant les filles qu'on allait chercher sur le bord d'un trottoir. Il a toujours ressenti quelque chose d'étrange, une sorte d'attraction aussitôt réprouvée, en face d'une prostituée. D'une certaine façon, il ressent la même chose pour ces femmes qu'il voit régulièrement et qu'il appelle poliment ses maîtresses. Mais n'ai-je pas eu, un temps, une enfance heureuse ? Et comment les choses ont-elles tourné vers les rues bétonnées sans herbe et sans repos ? Je me souviens encore du tapis magique sur lequel glissaient mes espoirs d'amour. La tristesse est que ce passé de beauté alimente aujourd'hui mon scepticisme, la certitude d'une perte irrémédiable.

Il était toujours sur le palier quand il entendit enfin des pas se diriger vers la porte, qui s'ouvrit. A. était nue. Il la contempla un long moment : elle était vraiment belle. Elle lui prit la main, l'emmena dans le salon et, une fois serrée contre lui, lui dit à l'oreille : « Moi aussi. »

Il fallut un court moment à Tristan pour savoir de quoi elle parlait.

26

Ils firent l'amour dans le salon. A. semblait animée par une véritable passion. Mais Tristan était étonné par l'absence de bonheur. Il pouvait toujours avoir recours à sa raison : la regarder, se contempler dans les bras amoureux d'une femme magnifique, mais ce n'eût été qu'un bonheur d'amour-propre.

Ce n'était pas la volupté qu'il avait espérée, cette volupté qui aurait pu l'arracher à Amélie, et rendre évidentes la séparation et la joie qui lui aurait succédé. Il commençait déjà à regretter son attitude. Il était en train de tout casser, comme ces enfants maladroits qui ne savent pas encore jouer du violon.

Elle se tenait maintenant contre lui. Sur ses hanches, de la sueur d'amante. Tristan ne savait pas quoi dire et ressentait un certain embarras, ce qui lui donna l'occasion de réaliser que c'était la première fois qu'il était mal à l'aise auprès d'elle. Mais était-ce vraiment la même femme ?

Il lui semblait qu'il venait d'ouvrir des portes qu'il aurait préféré laisser fermées, et il sut à cet instant que les choses allaient être impossibles. L'ambiance, glaciale. Qu'est-ce que je suis venu faire ici ? se demanda-t-il.

Elle se leva, s'éloigna un instant et revint avec des cigarettes et un cendrier.

— Tu en veux une ?

Il fut étonné par son sourire tendre. Elle était donc si éloignée de ce qu'il ressentait, lui, au même instant. Dans ce sourire, on pouvait même déceler un air de triomphe qui le choqua et qui donna à ses remords une tonalité plus concrète.

— Non merci, je vais devoir retourner travailler.

Elle le regarda en relevant les sourcils.

— Travailler ?

Il se leva. Elle resta interdite, lâcha son paquet de cigarettes et prit cet air hautain qu'il aimait tant.

— Je peux te poser une question ?

Il se tourna vers elle.

— Quoi ?

— Qu'est-ce que tu attends au juste ?

— Je ne sais pas ce que j'attends, *justement*.

Elle se leva à son tour, à nouveau furieuse. Avança jusqu'à la porte, qu'elle ouvrit en grand. Et fit un signe de la tête, un signe qui résonnait bien évidemment comme une invitation.

— Sors de mon appartement. Et, par la même occasion, sors de ma vie !

Elle claqua la porte derrière lui. Il resta un instant dans le noir. Décidément, les femmes ne comprennent vraiment rien, et c'est pourquoi elles sont belles. Il hésita : devait-il sonner encore une fois ? Une autre torture commença alors, celle du doute : finalement, ne l'aimait-il pas un petit peu ?

Il descendit les escaliers avec la même incertitude que lorsqu'il les avait montés, songeant à ces coquillages blancs qu'il ramassait parfois sur la plage quand il était enfant : on pouvait les emporter loin de la mer d'où ils avaient été tirés et pourtant toujours l'entendre, toujours entendre le chahut à l'agonie des vagues.

27

Il passa dans son studio prendre une douche, qui ne chassa pas son air sombre, puis il rentra. Il se mit à pleuvoir au moment où il pénétrait dans leur immeuble. Amélie était en train de prendre un bain. Il l'embrassa sur le front. Il mesurait bien le ridicule de la situation.

Il me semble que n'importe quel être, quelle que soit sa puissance ou sa pureté, est toujours soumis à une force intérieure qui, souterrainement, le pousse en deçà de qui il est, et ce mouvement n'est réversible qu'au moment où l'on en vient au dégoût de soi. Comme si, en s'abaissant, on pouvait mesurer la juste hauteur de qui l'on voulait être. Tristan en était là : plus que la situation, c'était surtout *lui* qu'il trouvait ridicule. Il n'avait vraiment plus le choix : il devait revoir sa vie dans son ensemble.

Il s'allongea sur le canapé du salon. La porte de la salle de bain était ouverte et l'on entendait des bruits d'eau. Tristan fit semblant de se poser à nouveau la question, mais il savait maintenant qu'il allait quitter Amélie. Il ne voyait pas d'autre solution. En revanche, il ne savait pas du tout comment le lui dire. Il essaya d'imaginer la situation. Que ferait-elle ? Où irait-elle ? Il regretta amèrement d'avoir résilié le contrat de location du studio dans lequel elle vivait avant de le rencontrer. Les choses eussent été plus faciles.

Comment lui dire ? Il la quitterait le plus dignement possible, sans lâcheté. Car les lâchetés sont comme des réflexes dans les moments de rupture : elles apparaissent avec l'innocence d'un courant d'air.

Tristan observait le mouvement de sa pensée et était surpris de l'avance qu'elle prenait sur la réalité. Ainsi, dans le monde abstrait des idées, il était déjà séparé d'Amélie. En vérité, comme tant d'autres, il adoptait régulièrement cette attitude dangereuse et complaisante envers tout ce qui lui arrivait : il assistait à sa propre vie et en était le plus fidèle spectateur. Il se mentait à lui-même pour déceler par avance la configuration des choix qu'il devait faire. Il prétendait qu'il était décidé à la quitter, alors qu'il était encore noyé dans la plus obscure des incertitudes. Il travestissait ce qu'il pensait, comme un frileux, pour tenter de comprendre ce à quoi il s'exposerait si jamais il en venait à penser véritablement ce qu'il prétendait penser – bref, il n'était pas plus avancé qu'en début de journée, et il se détestait pour cette faiblesse.

28

Amélie entra dans le salon. Une large serviette blanche l'enveloppait. Elle avait les cheveux mouillés. Elle riait. Et ce rire transperça le cœur de Tristan.

— Je ressemble à un chien, dit-elle.

Il pensa alors à ce qu'il allait lui dire et ressentit une douleur physique. Finalement, il ne lui aurait pas beaucoup donné.

— Tu as passé une bonne journée ? lui demanda-t-elle.

— Rien de particulier. Ton ventre, ça va ?

Elle haussa un peu les épaules, puis alla dans la chambre pour se changer. Il la suivit et passa dans la salle de bain. Elle lui parlait de ses élèves. L'un d'entre eux avait apporté une boîte d'allumettes, ce qui avait fait l'animation de toute la cour de récréation… Tristan écoutait de loin. Il cherchait ses phrases. Soudain, il croisa son propre visage dans le miroir, et, à nouveau, y décela un appétit féroce de destruction.

Amélie se tenait maintenant derrière lui, et, en apercevant son expression, eut un mouvement de frayeur.

Il a parfois accès à une part très sombre de lui-même, à une violence démesurée par laquelle il pourrait tuer, anéantir. Mais, même si ces pulsions lui échappent partiellement, il sait que l'on s'élève aussi par la violence. Certains mystiques diront que, même Dieu, ce n'est pas dans sa petite intimité de velours que l'on peut avoir une intuition de sa présence, mais dans les extrémités de ses fièvres, ces régions dévastées par les sanglots, par l'humiliation.

— Qu'est-ce qu'il y a ?

Tristan se ressaisit, se tourne vers elle et la prend dans ses bras. Il se sent incapable de lui faire du mal. Il repense à cette petite femme qu'il a croisée un jour dans la rue, place Saint-Sulpice, cette femme de son cœur. Elle est arrivée dans le soleil du mois de mai, comme un miracle. Ce jour-là, elle portait un haut décolleté bleu, et une barrette tenait le côté droit de ses cheveux. Souvenez-vous de ce moment de l'année où les femmes s'accordent avec le climat et redécouvrent des élans de nudité, ces épaules dévoilées, ces nuques, ces sourires éclatants du mois du mai. Qu'est-ce que la beauté ? La discrétion, répondrait Amélie. Oui, mais lorsque la discrétion elle-même devient discrète, lorsqu'elle s'efface doucement derrière l'audace de la féminité : savez-vous où se trouve la Librairie Polonaise ? Tristan revoit cet instant comme l'un des plus beaux de sa vie. Comment a-t-il pu laisser les choses se faner à ce point ?

Il la regarde un long moment. Il se souvient de toute leur histoire, cette histoire qu'il allait enterrer définitivement il y a seulement une minute. Amélie se tient devant lui, et sur son front défile leur passé : il en vient à confondre parfaitement la mémoire avec le sentiment.

Elle ne comprend pas ce qu'il se passe en lui. Alors elle lui repose la question, avec un peu de gêne :

— Qu'est-ce qu'il y a ?

— Il y a que je t'aime, c'est tout.

Elle le regarde avec émotion.

S'il dit qu'il l'aime, pourquoi voit-il d'autres femmes ? Et comment, elle, peut-elle le tolérer ? Si elle avait du courage, elle partirait. Mais elle sait bien qu'elle ne partira jamais. Elle l'aime tellement qu'elle préfère être auprès de lui, quel qu'en soit le prix, et dût-elle le payer de l'estime qu'elle a pour elle-même.

Il la serre dans ses bras. Maintenant qu'il est auprès d'elle, il sent bien qu'il est incapable de la quitter. Il est trop attaché à elle. « Je ne peux pas vivre sans elle », pense-t-il, se jouant à lui-même la comédie de l'amour, exalté par ce spectacle divertissant. « Je l'aime. »

À cet instant, il a complètement oublié le reste. Il a oublié cette angoisse de passer *à côté* de la vie, cette angoisse qui le pousse de femme en femme – l'angoisse de la mort. On peut le trouver ridicule aujourd'hui. Mais qui peut prétendre à plus de générosité envers ses propres tourments ? Il met du zèle dans ses effondrements, dans ses incertitudes, il cherche dans ses fièvres ce qui le détournera de son rétrécissement final. La certitude qu'il va falloir détruire et détruire et détruire. Parce que le salut est à ce prix.

À cet instant, il n'a qu'une seule chose en tête : ne plus faire souffrir Amélie, la délivrer de la tyrannie du doute. Il se dit qu'elle est la femme de sa vie. Ce qui n'est malheureusement pas suffisant pour la rendre unique.

— Tu crois que tu te sentiras suffisamment bien pour partir à Deauville ?

Elle fait oui de la tête. Mais ce qu'elle ignore, c'est qu'en acceptant ce voyage, c'est sa mort, ce n'est que sa mort qu'elle vient d'accepter.

Soudain, Tristan est traversé par un violent vertige : l'image qu'il a devant lui, celle de la femme qu'il croit aimer, lui apparaît comme éclairée par le filtre bleuté de la nostalgie. Au beau milieu de ce tendre élan, il est envahi, comme s'il prenait de l'avance sur l'incontournable disparition des choses, par le sentiment de leur terrible fragilité, de leur imminent envol.

Le visage d'Amélie prend alors l'aspect de ces photographies de disparus que l'on ressort après le drame en commentant à voix basse : « Ça, c'était juste avant ! »

DEUXIÈME SPHÈRE

1

Nous la voyons maintenant dans cet espace in-connu, là-bas, elle a gémi doucement, mais n'a pas encore ouvert les yeux. Elle ne dort pas vraiment, pourtant elle ne peut pas dire où elle se trouve.

Puis, soudain, elle ouvre les yeux. Elle a un peu froid. Le vent fait danser le rideau blanc. Elle se lève silencieusement et va fermer la fenêtre. Elle voit la mer qui s'étend devant elle, et la pâleur du ciel semble indiquer qu'il est encore très tôt. Elle se retourne : Tristan est allongé sur le ventre. Un oreiller est posé sur sa tête, de sorte qu'on ne voit que son corps. Il dort encore, se dit-elle avant de se recoucher.

D'habitude, à Paris, Amélie se lève toujours la première, et cela lui est pénible. Mais aujourd'hui c'est différent : elle est heureuse d'être avec lui dans cet hôtel, à Deauville, et de pouvoir profiter du petit matin.

Elle ressent même une véritable joie à l'idée de ne pas devoir aller travailler. Ses douleurs à l'estomac rendent ses journées insupportables. Mais ce n'est pas tout : d'une façon inattendue, elle sent qu'elle a de moins en moins de patience avec les enfants. Pourtant, elle aime leur univers, leurs jeux.

La semaine dernière, un de ses élèves a voulu lui parler après la classe. Il la regardait avec une concentration surprenante. Il avait une question. « Maman m'a dit que Dieu n'était pas au ciel, mais en moi, dans mon cœur... » Amélie n'avait pas voulu contredire ses belles certitudes. « Oui, Il est dans le cœur de chacun. » Il eut l'air affolé. « Mais alors, quand je mange des petits pois, ça lui tombe directement sur la tête ? »

Elle hésite à réveiller Tristan. Dans la semaine, à plusieurs reprises, elle a dû sortir de la classe. Au ventre, ses douleurs sont parfois si fortes qu'elle doit s'asseoir et presser ses mains sur son estomac ; elle ne peut pas le faire devant les enfants. C'est pourquoi elle sort dans le couloir, près des petits portemanteaux. Une fois, le directeur l'a trouvée dans cette position. « Quelque chose ne va pas ? » Il la regardait avec douceur. Elle aurait voulu tout lui confier. Mais la honte de sa faiblesse l'en empêcha. Elle s'excusa, elle avait juste quelques douleurs, mais ce n'était rien. Il comprenait, mais il ne fallait pas laisser les enfants seuls dans une classe. « Un accident est si vite arrivé ! » Elle se leva, et, en se mordant les lèvres, elle regagna la salle.

2

Amélie va sur la terrasse. Elle essaie de se souvenir du rêve de cette nuit, en vain. Là-bas, sur la plage, quelques personnes se promènent, et dans le ciel un cerf-volant rouge fait un bruit de moteur. Hier soir, elle racontait à Tristan que, petite, elle était venue à Deauville dans la maison de sa tante. Elle avait passé deux étés sur ces plages, il y a longtemps. Elle se souvenait des longs après-midi au soleil, des ombrelles de couleur, de l'agonie des vagues. Elle avait été heureuse, peut-être.

Bien sûr, avec le temps, elle n'avait de ces vacances que des souvenirs diffus, mais certaines sensations lui restaient intactes, comme celle qu'elle avait eue, une fois, au large de la plage. Son oncle l'avait emmenée sur sa planche à voile. Elle s'était accrochée à l'arrière, et, glissant sur l'eau, elle s'était fait tirer un long moment. Quand le sable n'avait plus été qu'un liseré blanc à l'horizon, elle avait songé à lâcher la planche pour voir ce qu'elle deviendrait. Tout simplement lâcher et se noyer, pour voir *qui* viendrait la chercher, la sauver. Elle n'en avait pas eu le courage, et elle était retournée sur la plage, déçue d'elle-même.

Plus tard, elle avait ressenti le même besoin de chute. Se perdre, toujours se perdre pour que quelqu'un vienne la secourir. Comme si, inlassablement, elle voulait s'assurer qu'elle n'était pas seule – ce qui n'est pas plus bête que de prier.

Quand elle a rencontré Tristan, elle a tout de suite voulu qu'il l'emmène au large, dès la première nuit. Depuis, elle se noie quotidiennement.

3

Avant lui, elle n'avait aimé qu'un seul homme. D'ailleurs, maintenant, elle n'était plus sûre de l'avoir vraiment aimé. Il s'appelait Pierre. À l'époque, elle venait d'arriver à Paris et travaillait dans une librairie pour payer ses études d'institutrice. Pierre venait régulièrement acheter des livres. Il semblait plus âgé qu'elle, peut-être trente ans, mais cela n'enlevait rien à sa timidité.

« Il ne parle jamais, ton amoureux », lui dit un jour Cécile, la fille qui travaillait avec elle dans la librairie.

— Tu parles de qui ?

— À ton avis ? Du type qui vient de partir...

Amélie s'arrêta, gênée.

— Pourquoi tu l'appelles comme ça ? Je ne le connais pas.

— Tu vois bien qu'il vient uniquement pour te voir, non ? Il fait semblant de regarder les livres, mais c'est toi qu'il observe.

— Mais non...

— Je te promets, fit-elle.

Les jours suivants, Amélie y repensa. Elle ne savait rien de cet homme, elle ne le trouvait pas particulièrement attirant, mais le simple fait de se sentir observée l'intriguait. Curieusement, elle ne comprenait pas qu'on puisse s'intéresser à elle. Jusque-là, elle avait traversé le monde comme un fantôme, elle avait été transparente pour la plupart des hommes. Elle était jolie, mais s'était toujours retrouvée dans des situations où d'autres filles captaient les regards. Par exemple, sa puberté était venue très tard. Elle avait encore tout d'une petite fille quand les autres commençaient déjà à ressembler à des femmes. Toute son adolescence avait été marquée par cette distance. Elle n'en avait pas véritablement souffert, mais elle avait vécu cette période sans l'investir tout à fait, pratiquement indifférente aux garçons, puis aux hommes.

De là, peut-être, son horreur de se mettre en avant, de se sentir regardée. Quand elle avait donné ses cours de rattrapage pour les collégiens en difficulté, elle avait ressenti une gêne démesurée à l'idée de monter sur une estrade, d'écrire au tableau tout en se sachant observée par-derrière. Elle s'était surprise, plusieurs fois, à tirer son pull pour cacher ses fesses.

Elle avait d'abord voulu enseigner le français. Puis elle comprit qu'elle n'était pas faite pour se retrouver seule face à une trentaine de regards qui la jugeraient sans scrupule. C'est pour ça, sans doute, qu'elle décida de devenir institutrice. Les enfants, au moins, ne la soumettraient jamais à de tels supplices. Oui, elle aimait les enfants parce que, auprès d'eux, elle avait toujours la sensation d'être invisible.

4

Aussi loin qu'elle s'en souvienne, elle a toujours redouté de mettre en avant son image. Quand elle était petite, en rentrant de l'école, elle devait passer devant la terrasse d'un café, mitoyenne à sa porte, et cela lui était insupportable. Il y avait toujours beaucoup de monde, et, chaque fois, elle accélérait le pas pour ne pas être vue. Mais elle avait cette angoisse même quand elle était seule : où qu'elle fût, elle sentait l'insistance d'un regard posé sur elle. Et sans trop savoir pourquoi, elle devinait que ce regard était celui de sa mère.

Françoise rencontra celui qui allait être le père d'Amélie un été, alors qu'elle travaillait dans un restaurant. Elle était encore étudiante, et le jeune Autrichien, en vacances à Paris, entreprit de la séduire. Ils passèrent tout le mois d'août ensemble. Puis il rentra dans son pays. Ils s'écrivirent pendant plusieurs semaines, mais finirent par s'oublier.

L'année suivante, Thomas revint à Paris : la société dans laquelle il travaillait lui avait confié une mission d'un an dans la capitale. Aussitôt arrivé, il reprit contact avec Françoise, et leur histoire recommença. Quelques mois plus tard, elle tomba accidentellement enceinte. Elle le cacha à Thomas jusqu'à ce que la « chose » devînt évidente. Il demanda alors un autre poste dans la filiale française et put rester auprès de Françoise. Il l'épousa.

En réalité, il n'avait jamais eu le projet de vivre avec elle ; il n'y avait même jamais réfléchi. Mais, quand il apprit qu'elle était enceinte et qu'il était trop tard pour songer à un avortement, il comprit qu'il n'y avait pas d'autre possibilité. Les premiers mois furent heureux, mais très vite il eut l'impression d'être tombé dans un piège, de ne pas avoir vraiment choisi la vie qu'il menait. Il rencontra d'autres femmes.

Quand Françoise le découvrit, il venait de recevoir une proposition d'embauche en Allemagne. Il s'envola avec sa nouvelle compagne et s'installa là-bas.

Après son départ, la mère tomba dans une violente dépression qui ne cessa jamais. Elle menaça plusieurs fois de se suicider, même plusieurs années après. Une fois, toujours en rentrant de l'école, Amélie l'avait retrouvée allongée dans le salon, comme morte. Elle avait mélangé de l'alcool avec des médicaments. Après l'avoir vainement secouée, elle avait sonné chez le voisin, qui avait appelé une ambulance. Elle resta plusieurs jours à l'hôpital.

Pendant des années, sa mère lui répéta qu'elle n'avait plus qu'elle au monde sur le mode incessant d'une longue lamentation.

Amélie ne rencontra aucun garçon. Elle manifestait même un certain mépris à leur égard. Leur témoigner de l'intérêt eût été trahir la mère, qui ne voulait plus entendre parler des hommes. Aucune contestation n'était possible. Aucune trahison. Amélie vivait sous le règne despotique du chagrin maternel.

5

On comprend pourquoi elle fut particulièrement troublée par cet homme qui entrait dans une librairie dans l'unique intention de la regarder. Il y avait quelque chose de touchant dans la timidité de ce stratagème. Elle travaillait depuis seulement un mois lorsque Cécile lui fit remarquer que Pierre ne semblait pas si intéressé que ça par les livres. Elle voulut savoir comment il s'appelait.

Il revint dans la librairie une semaine plus tard, feuilleta quelques livres, mais n'en acheta aucun. Que pouvait-il faire dans la vie ? Elle tentait d'imaginer qui il était.

— À mon avis, il ne travaille pas, disait Cécile. Sinon, il ne viendrait pas en plein milieu de l'après-midi.

Amélie réfléchissait souvent à ce qu'elle laisserait derrière elle, si elle venait à mourir. Qui viendrait pleurer sur sa tombe ? Elle avait beau répertorier les noms de ceux qu'elle connaissait, elle ne voyait que sa mère, sa tante, peut-être quelques proches.

— T'as déjà imaginé ta mort ?

Cécile haussait les épaules.

— Ma mort ? Non.

Elle, elle mourrait d'un accident. En traversant la route, par exemple. Quelque chose qui ne sert à rien, à personne. Au moins sa mort aurait-elle l'inutilité de sa vie. On pourrait y voir une certaine cohérence, à défaut d'y déceler un peu de beauté. Mais la cohérence reste une maigre consolation.

Qui viendrait pleurer sur sa tombe ?

Donc, d'un accident. Comme ça. Gratuitement. Ou alors au milieu de la nuit, chez sa tante peut-être. Elle serait dans son lit. Pour une raison obscure, elle ne parviendrait pas à dormir. Puis, soudainement, elle ressentirait dans tout le corps une angoisse excessive, ainsi qu'une multitude de petits points brûlants à l'endroit de la poitrine ; elle recevrait une rafale de balles meurtrières : ses mains trembleraient un court instant, avant de tomber calmement le long de son corps. Elle mourrait sans faire de bruit, comme ceux qui n'ont pas le privilège d'être aimés.

— Moi, j'imagine souvent mon enterrement. Et je trouve que c'est inadmissible de réaliser qu'il n'y aura pratiquement personne.

Cécile sourit à cause du mot « inadmissible ». Qu'est-ce que ça change qu'il y ait du monde ou non ? Une fois qu'on est mort, on ne se pose plus ce genre de question. C'est pour les autres que c'est difficile.

Amélie n'était pas d'accord. Elle imaginait parfaitement la scène : elle voit son corps dans le cercueil. Au loin, on peut entendre l'orgue. Et surtout, autour de la boîte, quelques personnes pleurent dignement, en silence. À cette vision, une émotion puissante l'envahit, et les larmes lui viennent aux yeux – l'émotion de se sentir finalement regrettée. On ne peut survivre qu'à travers le chagrin qu'on laisse derrière soi.

Ce jour-là, elle hésita à venir lui parler. Ne pas commencer par une phrase trop habituelle, du genre : « Je peux vous aider ? » Ou : « Vous cherchez quelque chose de précis ? » Il fallait une accroche plus pénétrante. Elle avait observé qu'il avait plusieurs fois acheté des livres de poésie. « Ainsi, vous vous intéressez à la poésie. » Oui, ça donnerait peut-être une discussion intéressante. Mais il fallait attendre le moment opportun, ne pas gâcher cette entrée en matière. Et puis, peut-être qu'il n'avait pas du tout envie de parler. D'ailleurs, il était déjà en train de se diriger vers la sortie. Oui, c'était déjà trop tard pour lui parler. En un sens, tant mieux. La prochaine fois qu'il viendrait, elle lui parlerait. Oui, la prochaine fois, promis.

6

Il ne revint pas. Elle l'attendit pendant plusieurs semaines avec espoir. Elle se sentait un peu ridicule : elle ne le connaissait pas du tout, mais elle était convaincue qu'elle allait vivre une histoire avec lui. C'était la première fois qu'elle ressentait ce genre de chose. Elle le voyait déjà, le jour de son enterrement, sangloter en se penchant sur le cercueil. Mais Pierre ne revint jamais.

D'ailleurs, elle n'avait aucune idée de son véritable prénom. Elle avait décidé qu'il s'appellerait Pierre parce qu'il fallait bien lui donner un nom. Elle lui inventa aussi une histoire, un passé, des regrets. Après un certain temps, elle oublia les traits de son visage, la façon dont il s'habillait, la couleur de ses yeux. Elle douta même de l'avoir jamais vu. Pierre était devenu une image floue représentant l'amour qu'elle aurait voulu connaître. Elle se disait qu'il devait exister quelque part, cet être fait pour elle. Et qu'avec un peu de chance, cette fois, ils ne se manqueraient pas. Elle attendait.

Entendons-nous bien : elle n'était pas tombée amoureuse d'un inconnu. Elle avait simplement découvert la possibilité de l'amour. Pendant toute son adolescence, on ne l'avait pas regardée. Et, dans son imaginaire, l'homme était l'être par lequel venait la détresse. Mais subitement, à travers le regard d'un inconnu, elle comprit qu'elle pouvait intéresser les hommes. Elle comprit aussi qu'elle aimait cela. Au même moment, elle devint belle.

Elle attendait. C'est toujours l'attente qui crée les événements, jamais l'inverse. Elle avait envie d'aimer. Elle eut quelques histoires, mais toujours décevantes. Les hommes qu'elle rencontrait n'étaient jamais à la hauteur. Ils manquaient cruellement d'ambition, se contentaient de peu, et elle les fuyait très vite. C'était sa façon de ne pas prendre le risque de tomber amoureuse d'un être imparfait.

Pendant plusieurs années, sa vie s'était maintenue dans cet état d'attente incertaine. Elle avait la certitude d'une lente préparation : tout ce qu'elle vivait la menait progressivement vers une destination qu'elle ignorait, mais à laquelle elle aspirait. Elle marchait. Chaque jour, elle marchait dans les rues de Paris. Je ne sais pas ce qu'elle cherchait exactement. Sans doute progressait-elle dans la constitution de son attente. Son itinéraire n'était jamais vraiment le même : l'insignifiance le modifiait pour un rien, une éclaircie, une sensation d'animation dans une rue plutôt que dans une autre, la vitrine d'un magasin, le baiser d'un couple. À quoi pensait-elle pendant ses promenades ?

Elle avait peur de vieillir, de passer à côté de la vie, et je crois qu'en marchant, inlassablement elle tentait d'évacuer ces pensées harcelantes qui s'attaquent aux derniers espoirs enfantins, notre royaume percé de toutes parts à travers lequel s'écoule la vie, fuyante, immatérielle, s'écoulent, devenus liquides et tièdes, les rêves d'autrefois qui nous faisaient croire à la beauté.

Ce jour-là, elle longeait la Seine. Elle suivait un homme qu'elle avait aperçu tout à l'heure. Il marchait rapidement, ralentissait parfois, allait jusqu'à s'arrêter, puis repartait. Et si c'était lui, par exemple, l'homme qu'elle attendait, que ferait-elle ? Elle n'oserait même pas aller lui parler ! Comme avec Pierre, elle le laisserait sortir de la librairie, elle le transformerait en un rêve qu'elle pourrait apprivoiser, mais ce serait tout, il n'y aurait rien de réel. Elle se rapprocha encore de lui. Depuis plusieurs jours, le sentiment de solitude était devenu lourd comme de l'acier. Elle se disait parfois qu'elle était condamnée à rester seule, isolée. L'obsession de sa propre mort témoignait de cela, la peur de ne manquer à personne. Elle avait toujours cru que sa vie prendrait son véritable sens une fois qu'elle serait morte.

Elle continuait à suivre l'inconnu, comme pour conjurer cette promesse abominable. Lui parler ? Juste pour se prouver qu'elle en était capable ! Ils traversèrent une partie du Quartier Latin. Il n'y avait personne d'autre dans la rue. La ville entière était pour eux deux. Elle n'était pas du genre à parler à quelqu'un qu'elle ne connaissait pas. Sur la place Saint-Sulpice, il s'arrêta au passage piétons. Elle le rattrapa et osa enfin lui poser une question, la première qui lui vint à l'esprit. Savez-vous où se trouve la Librairie Polonaise ?

7

Elle est encore sur la terrasse en train de regarder la plage, et elle se souvient de leur rencontre. Elle n'aurait pas imaginé, ce jour-là, qu'elle se retrouverait, deux ans plus tard, dans une chambre d'hôtel à Deauville avec lui.

Elle avait du mépris pour les femmes faciles. Et pourtant, elle se retrouva chez lui dès le premier soir. Il habitait un grand appartement le long de la Seine. Enfin, ce n'était pas vraiment le premier soir. Ils s'étaient revus à une soirée, par hasard, quelques jours après. Elle le reconnut immédiatement, mais n'osa lui parler. Il lui arrivait parfois de confondre les visages. Ils s'observèrent en silence pendant un certain temps, puis il l'aborda. Le soir même, elle se retrouva chez lui.

Dans le salon, il lui servit un verre de vin. Elle lui expliquait pourquoi elle avait choisi de travailler avec des enfants. En l'écoutant, il la regardait avec insistance, comme s'il cherchait quelque chose de précis en elle.

Ils firent l'amour. C'était la première fois qu'elle couchait si vite avec quelqu'un qu'elle ne connaissait pas. En général, les hommes qu'elle rencontrait se décourageaient rapidement : ils attendaient quelques jours, et comprenaient alors qu'ils ne parviendraient pas à leurs fins. Elle détestait qu'on puisse la regarder nue. Son image lui appartenait, et elle ne pouvait pas supporter l'idée de la partager. Si peu que l'on s'en emparait, elle se sentait volée, dépossédée.

Elle aimait se regarder dans la glace. Elle était comme irrésistiblement attirée par son image. Pourtant, elle ne se trouvait pas belle, elle n'aimait pas son corps. Mais c'était comme une séance d'humiliation délicieuse.

Tristan l'embrassa d'abord dans le salon. Elle voulait faire en sorte que cela dure le plus longtemps possible, comme pour repousser le moment où elle se retrouverait nue devant lui.

— Tu ne fermes pas les yeux quand tu m'embrasses ?

— Toi non plus, répondit-il doucement.

— Je vérifiais, c'est tout. Je préfère que tu les fermes. C'est plus excitant.

Sa pudeur n'avait rien à voir avec de la timidité. Même après plusieurs nuits, elle serait encore mal à l'aise. Le matin, quand elle voudrait se lever pour se rhabiller, elle lui demanderait à nouveau de fermer les yeux. Il le ferait avec attendrissement. Alors elle se lèverait et galoperait jusqu'à la salle de bain.

— C'est plus excitant ?

Il commençait déjà à la déshabiller. Elle tremblait légèrement. Elle ne bougeait pas, elle était là où il l'avait posée.

— Tu n'as pas confiance ?

— Si. C'est juste que je n'ai pas l'habitude de me retrouver dans les bras de quelqu'un que je ne connais presque pas.

Elle était maintenant nue devant lui, allongée sur le canapé. Elle l'embrassait pour ne pas qu'il prenne de recul. Elle n'avait pas imaginé qu'ils resteraient comme ça, dans le salon, dans la lumière. Elle le serra encore plus fort, faisant de ses baisers les complices de sa pudeur.

Que pouvait-elle représenter pour lui ? Pratiquement rien. Alors que, elle, elle ne faisait pas les choses à la légère. Il fallait qu'il comprenne qu'elle se donnait vraiment. Mais on ne peut pas exiger de quelqu'un, dès le premier soir, qu'il soit transi d'amour. Soudain, elle eut peur de partir toute seule au large.

8

Elle tourna la tête : Tristan dormait toujours. Elle le trouvait étrange, plus sombre, plus absent, et son changement d'attitude lui faisait peur. Pendant le trajet, la veille, il n'avait pratiquement rien dit. Elle respira profondément, puis ferma la fenêtre derrière elle. Elle s'assit sur le bord du lit et regarda Tristan un long moment.

Soudain, elle retrouva le souvenir de son rêve, mais c'était un souvenir ténu, à la frontière de l'évanouissement. Elle avait rêvé de deux amants, partis en voyage de noces au Brésil. Quelqu'un leur avait dit que c'était « le plus beau pays du monde ». Ils sont dans un taxi, là-bas. Le chauffeur s'arrête sur le bord de la chaussée et demande à son client s'il veut bien déposer l'enveloppe qu'il lui tend dans la boîte aux lettres qui se trouve juste devant lui, sur le trottoir. Il accepte, sort de la voiture, et, le temps de déposer l'enveloppe, le taxi a disparu. Avec sa fiancée.

Amélie est effrayée par son rêve. Ce doit être horrible, se dit-elle, de partir en voyage de noces et de perdre celle qu'on aime. Elle a entendu dire qu'il était fréquent que des touristes se fassent ainsi enlever pour la prostitution. On les retrouve parfois complètement droguées dans un bordel quelque part dans le pays.

Puis elle se lève. À nouveau, elle hésite à réveiller Tristan. Elle voudrait lui raconter son rêve. Elle sait qu'il ne se réveillera pas avant un certain temps. Elle n'a pas envie de tourner en rond en l'attendant. C'est pourquoi elle s'habille et décide de descendre. Elle pourrait profiter de ce moment pour aller marcher sur la plage. Elle ferme la porte derrière elle en essayant de ne pas faire de bruit ; elle a soudain l'impression que c'est la dernière fois qu'elle voit Tristan.

9

Elle se souvient des premiers mois de leur histoire. Elle était tellement heureuse que, souvent, le matin, en se réveillant, elle oubliait qui elle était : elle restait pendant un temps très court entre deux mondes, celui des rêves qu'elle quittait, et celui de sa vie qu'elle devait violemment rejoindre, et dans cette incertitude délicieuse se bousculaient une multitude d'angoisses. Puis soudain, la réalité cessait de se dérober. Elle voyait Tristan à ses côtés, et elle ressentait un soulagement et un bonheur indicibles. Elle n'avait pas soupçonné qu'on pût être aussi heureux. Le monde ne lui importait guère. Le monde pouvait mourir.

Parfois, il lui arrivait de se retrouver seule dans l'appartement de Tristan, qui n'était pas encore le sien, mais qui, subitement, devenait un peu le leur. Elle mettait alors de la musique et dansait dans le grand salon. Elle envoyait des baisers par la fenêtre à tous les passants minuscules qui longeaient la Seine. Elle grondait les coussins du canapé comme s'il s'était agi de leurs enfants. Ils n'arrêtaient pas de se chamailler en ce moment ! Elle ne savait pas ce qu'il leur arrivait ! Heureusement, ils partiraient bientôt en vacances chez leur grand-mère ! Elle se trouvait un peu idiote, mais c'était si bon d'être idiote, à condition d'être seule, et pas pour trop longtemps.

Pour la première fois de sa vie, elle n'avait plus envie d'être invisible. Au contraire, elle voulait qu'on la regarde. À son bras. Quand ils se promenaient, elle dévisageait les gens pour s'assurer qu'ils avaient bien vu qu'ils s'aimaient, que c'était indéniable. Lui aurait-on demandé si elle croyait au bonheur, elle n'aurait pas hésité une seule seconde. Parfois, quand ils retrouvaient des amis à une soirée, ils dansaient ensemble pendant un long moment. Seuls, le monde réduit à leur unique enlacement, ignorant tout sauf la musique, cette fois c'était une valse, le mariage d'un ami, ils tournaient, et leur tête aussi, et elle sentait des mains aimées, décidées, tenir ses reins et les guider vers ce qui lui semblait être le bonheur, mais soudain elle avait peur : que resterait-il de cette étreinte une fois la musique finie ? Et alors elle se souvenait, la tête en arrière, regardant presque le plafond, ivre, il avait promis, ils avaient l'éternité devant eux, elle se souvenait, le monde comme marchepied.

Oui, c'est l'illusion comique des nouveaux amants : comme les enfants, ils parlent d'éternité ; comme les mauvais poètes, ils croient à la puissance de ce qu'ils disent ; et, comme nous, ils se noient dans la plus triste des lâchetés, la banalité.

10

Un jour qu'elle se promenait près de l'Odéon, elle aperçut Tristan dans un restaurant. Il était avec une fille qu'elle ne connaissait pas. Son cœur se serra. Mais elle n'osa pas aller le voir.

Toute la journée, elle pensa à cette inconnue. Qui pouvait-elle être ? Cela faisait pratiquement six mois qu'Amélie était avec Tristan. Elle passait déjà la plupart de son temps dans son appartement. Il lui arrivait parfois de revenir chercher des affaires dans son studio et d'avoir alors l'étrange sensation de ne plus être chez elle. En vérité, elle avait un désir permanent d'être auprès de lui. Et il lui semblait que rien ne pourrait jamais atténuer la violence de ce désir. Depuis qu'elle était petite, elle cherchait un absolu ; elle l'avait enfin trouvé.

Sa grande peur était d'être abandonnée. Le fantôme de sa mère revenait hanter son histoire chaque nuit. Elle ne comprenait pas toujours Tristan : il lui arrivait parfois d'avoir un regard froid, sévère, un peu méprisant, alors elle paniquait – lui avait-elle déplu ? Elle sentait bien qu'il était moins attaché à elle qu'elle ne l'était à lui, et, secrètement, elle souffrait de cette inégalité. Le déluge, sans lui.

Quand elle vit Tristan en train de déjeuner avec une autre femme, elle sentit que quelque chose était en train de se briser entre eux. Elle était terriblement jalouse. Et cela était aussi pénible pour lui que pour elle. Elle admirait ces femmes qui restent confiantes, égales à elles-mêmes en toutes circonstances. Elle leur trouvait une élégance et une force dont elle se sentait incapable. C'est pourquoi elle les détestait.

Le soir, ils allèrent au théâtre, elle demanda à Tristan ce qu'il avait fait dans la journée. Il prétendit avoir déjeuné avec Nicolas. Elle ne dit rien, mais elle ressentit un dégoût si fort que son ventre commença à se plaindre. Ses illusions tournaient doucement à l'écœurement.

11

En bas, la salle principale de l'hôtel Royal était envahie de soleil, et Amélie porta sa main au visage. Quelle chance, pensa-t-elle, il fait vraiment beau pour septembre ! Si ça se trouve, on pourra se baigner.

Soudain son visage se fige : elle vient d'apercevoir, posée près du comptoir de la réception, *une valise rouge*, et elle a l'impression de la reconnaître. La chose peut paraître improbable, et pourtant je me contente de raconter ce qui s'est passé, rien de plus.

Depuis deux mois, elle voyait tous les jours une femme juste en bas de chez eux, rue de Verneuil. Apparemment, elle vivait dans la rue, mais toujours au même endroit, à quelques mètres de leur porte. Elle semblait ne jamais se déplacer, fût-ce de quelques centaines de mètres. Elle avait adopté un bout de trottoir et, semblait-il, pour rien au monde elle n'en aurait changé. Elle avait ceci de particulier qu'elle transportait avec elle quatre énormes valises de couleur. Elle les tenait contre elle comme si elle redoutait qu'on vienne les lui voler. Lorsqu'elle allait acheter quelque chose à la boulangerie, en face, elle les prenait une à une et les amenait de l'autre côté de la rue. Amélie s'était toujours demandé ce qu'elles pouvaient bien contenir. Y a-t-il des affaires indispensables à l'errance ? Qu'emporte-t-on avec soi quand on habite nulle part ?

En tout cas, elle était toujours habillée de la même façon : ce n'étaient donc probablement pas des vêtements. Elle dormait sur place et sans doute ne se lavait-elle jamais. Quelquefois, en rentrant tard d'une soirée, Amélie avait vu comment elle s'organisait : elle couchait les valises sur le sol et s'allongeait dessus. Sans bien savoir pourquoi, Amélie était intriguée par cette femme. Que faisait-elle ? Quelle était son histoire ? Il lui arrivait aussi, du haut de son appartement, de l'observer. Elle se trouvait exactement sur le trottoir d'en face. Elle aurait bien voulu aller lui donner un peu d'argent, mais elle n'osait pas le faire.

Un jour, Amélie était allée faire des photocopies en bas, et cette femme était justement entrée dans la boutique, abandonnant follement ses valises dans la rue. Elle tenait une pochette dans laquelle étaient rassemblés quelques documents : des additions probablement trouvées sur des terrasses de cafés, des bouts de papiers ramassés par terre, des tracts, des feuilles mortes. Comme elle voyait qu'Amélie l'observait, elle lui expliqua qu'elle était en train de remplir un dossier, il ne lui manquait que les dernières pièces, mais il était pratiquement complet.

— Quel genre de dossier ? demanda Amélie.

— Un dossier pour récupérer mon nom. Parce que je n'ai pas de nom. Enfin, on me l'a volé. Mais le procès est en cours, et je crois que je vais bientôt le récupérer.

— Qui vous a volé votre nom ?

— En fait, je suis née sans nom. Juste une initiale. C'est pour ça que je ne peux pas travailler.

Elle tendit alors sa pochette au garçon du copyshop et lui demanda une dizaine d'exemplaires de ses « documents officiels ». Manifestement, elle était un peu folle.

Puis, quelques jours avant de partir à Deauville, Amélie avait constaté qu'elle n'était plus là. Elle avait disparu. Mais une chose la troubla encore plus : elle avait abandonné une de ses valises, *la rouge*. Reviendrait-elle la chercher ? Amélie hésita. Elle aurait bien voulu savoir ce qu'il y avait à l'intérieur, mais elle n'osa pas aller l'ouvrir.

Et voilà qu'au bord de la mer elle se retrouvait en face de cette même valise. À un moment, une femme vint la prendre. Elle avait visiblement du mal à la porter. Bien entendu, ce n'était pas la même valise, mais seulement une valise rouge, comme il doit en exister des milliers. La femme semblait plutôt jeune. De dos, elle paraissait même jolie. Amélie la regarda s'éloigner et pénétrer dans la cage de l'ascenseur ; quand les portes se refermèrent, elle ressentit une peine profonde comme si elle venait de perdre une personne qui lui était chère.

— Tu te souviens de la femme avec ses valises ? demanda-t-elle plus tard à Tristan.

— Celle d'en bas ?

— Oui. Eh bien, *elle a disparu*. C'est étrange, non ?

Elle voulut aussi lui expliquer pour la valise rouge dans le hall de l'hôtel, mais elle renonça ; elle passerait elle aussi pour une folle.

12

Elle traversa le hall et, un peu troublée, sortit par la grande porte de l'hôtel. Le vent était plus frais que ce à quoi elle s'était attendue. Elle traversa la route et, une fois sur les planches, retira ses chaussures. Elle préférait marcher pieds nus sur la plage. Cette sensation la ramenait toujours à quelque chose de lointain en elle, quelque chose de primitif ou de très ancien. On devrait interdire aux gens de mettre des chaussures sur la plage, pensa-t-elle.

La mer était basse. On entendait gémir quelques mouettes. Amélie s'arrêta subitement de marcher et ferma les yeux ; sous ses paupières, le soleil dessinait des taches orangées jusqu'à ce qu'un nuage, paupière de l'automne, couvrît provisoirement le ciel ; un frisson la traversa et elle se remit en marche. Il n'y avait pratiquement personne sur la plage. La blancheur majestueuse du golfe attendait depuis le petit matin. Les parasols de couleur étaient baissés. Le décor semblait refuser de jouer le jeu. Elle voulut d'abord ramasser un coquillage pour le rapporter à Tristan. Elle les aimait bien, ceux dans lesquels on pouvait entendre la mer. Puis elle eut l'idée de retrouver la maison de vacances dans laquelle elle avait passé deux étés avec ses cousines. Elle fut alors prise d'un enthousiasme qui l'étonna elle-même, comme si cette maison, qu'elle avait jusque-là parfaitement oubliée, était soudainement devenue le lieu le plus important de sa vie.

D'après ses souvenirs, elle se trouvait au bord de la plage, en direction de Blonville. On pouvait normalement la reconnaître au moulin qui lui était mitoyen. Tristan va bientôt se réveiller, se dit-elle. Je devrais peut-être y aller avec lui tout à l'heure. Mais elle continua sa promenade.

En marchant, elle tentait de se souvenir. Des détails lui revinrent alors à la mémoire. Comme cette nuit où elle était sortie avec sa cousine. Leur chambre donnait sur une petite salle de bain dont la fenêtre ouvrait sur le jardin. Elles avaient attendu que tout le monde dorme dans la maison pour s'enfuir. Elle ne l'aurait jamais fait seule, et elle se souvient qu'elle avait eu vraiment peur. Mais sa cousine était beaucoup plus téméraire et semblait, elle, ne rien craindre. Qu'avaient-elles fait pendant cette nuit-là ? Curieusement, elle ne s'en souvenait plus du tout.

Peut-être étaient-elles allées jusqu'au centre. Près du casino ? Sur la plage ? Elle était incapable de se le rappeler précisément.

Un enfant courait après un sac en plastique que le vent baladait. Elle regarda le ciel. Est-ce que les nuages disparaîtraient ? Ils semblaient au contraire de plus en plus nombreux. Elle remit ses chaussures et continua sur la route. Tous les magasins étaient fermés. Il était trop tôt. Le vent se leva au même instant, et un volet mal fermé claqua. « Ça se gâte », dit-elle à voix haute. Elle jeta un coup d'œil vers l'horizon pour évaluer la distance qui lui restait à parcourir. Elle n'en avait aucune idée, et cette route lui paraissait beaucoup plus longue que dans ses souvenirs. Le mieux serait peut-être de demander la direction. Elle entra dans un café.

13

Elle poussa la porte et eut aussitôt l'impression que tout le monde la regardait – un sentiment de gêne l'envahit. Elle s'avança près du comptoir. Un type joufflu attendait, et Amélie se sentit d'autant plus mal à l'aise : il croyait probablement qu'elle allait lui acheter quelque chose. Elle n'osa lui dire qu'elle ne voulait que des renseignements.

— Vous avez des cigarettes, par hasard ?

Il lui fit oui de la tête, et elle acheta un paquet. Puis elle lui expliqua qu'elle cherchait une maison qui, d'après ses souvenirs, devait se trouver dans les environs. Une maison avec un moulin, ajouta-t-elle.

— Avec un moulin ? Il y a pas de moulin dans le coin !

— Un moulin, ou quelque chose qui ressemble, une tour ou je ne sais quoi. Je ne suis pas revenue depuis des années, mais...

— Non, je vous dis, fit-il avec un peu d'impatience. Je sais ce que je dis, ça fait trente ans que je vis ici. On vous aura mal renseignée !

Elle voulut insister, mais une femme, qui la regardait méchamment, se rapprochait déjà pour savoir ce qui se passait. Elle remercia et voulut s'en aller.

En se retournant, elle aperçut un couple dans le coin de la salle ; elle fut alors traversée par une émotion étonnante. (Il la regardait droit dans les yeux en lui tenant les mains, comme s'il était en train de lui faire des confidences ; elle le regardait, elle, avec autant d'attention – ou peut-être était-ce de la passion – en souriant mystérieusement.)

Pourquoi était-elle troublée par ce couple finalement assez banal ? Le temps de se poser la question, elle était déjà dehors. Trop tard, impossible de faire marche arrière, elle aurait dû avoir le réflexe de s'asseoir à une table pour pouvoir les observer. Elle jeta un dernier coup d'œil à travers la vitrine, mais elle ne vit que le reflet de la plage.

Elle continua sur la même route, puis elle prit à gauche. Elle tourna dans toutes les ruelles pendant un long moment. Mais il lui semblait que plus elle tentait de se souvenir, plus sa mémoire se dérobait. Elle doutait maintenant des images qu'elle avait jugées authentiques un instant auparavant. Était-elle certaine, pour l'histoire du moulin ? Car, effectivement, elle ne voyait rien qui aurait pu ressembler à un moulin. La maison de son enfance restait introuvable et, avec elle, toutes ces années dont il lui restait une vague sensation de douceur.

14

Elle décida d'abandonner. Elle fit demi-tour et se dirigea vers l'hôtel. Tristan était sûrement réveillé maintenant. « J'aurais dû lui laisser un mot pour lui dire que je partais », se dit-elle. Elle se demanda si elle devait couper par la plage, mais continua sur la route. Bientôt, elle aperçut les drapeaux qui flottaient au-dessus du Royal.

Elle repassa devant le café. À nouveau, le soleil apparut, et elle changea de trottoir pour ne pas marcher à l'ombre. « C'est étrange, le temps est vraiment changeant. »

Soudain, au loin sur la plage, elle crut reconnaître le couple de tout à l'heure, et elle fut prise d'un vertige. Elle avança dans leur direction, et plus la distance qui la séparait d'eux se réduisait, plus son trouble augmentait. Elle avait l'étrange impression de les connaître sinon depuis toujours – du moins depuis très longtemps, tout en sachant très bien qu'elle ne les connaissait pas.

Ils se tenaient face à la mer. La femme montra du doigt l'horizon. Ils étaient, à cet instant, tous les amants du monde, ils étaient le bonheur d'être deux, l'espoir fiévreux et magnifiquement puéril de ne faire qu'un. En les regardant, Amélie fut envahie par une violente mélancolie. Elle n'osa pas s'approcher. Qui étaient-ils ? Lui avait une silhouette élancée et portait un costume noir. Pourquoi était-il si élégant sur la plage ? Et elle ? Elle avait une robe courte et de longs cheveux blonds. Ils sont vraiment beaux ensemble, se dit Amélie. Ils ont l'air heureux. C'est alors que la ligne bleutée de l'horizon lui apparut comme une de ces lignes dont on ne revient pas.

Elle les dépassa. Pourquoi se sentait-elle aussi triste ? Elle attendit de s'être suffisamment éloignée pour se retourner une dernière fois. Ils s'embrassaient, là-bas.

Elle était triste parce qu'il lui semblait que tout était destiné à disparaître, à faner, à pourrir. Un jour, il faudra bien se rendre, pensa-t-elle. Un jour, ils se détesteront. Les débuts ne veulent rien dire. Oui, les débuts mentent, et tout disparaît.

15

Arrivée devant l'hôtel, elle se retourna une dernière fois : ils avaient disparu. Un peu bêtement, elle se demanda où ils avaient pu partir, et, soudain, son rêve revint la harceler.

Elle imagina le couple qui venait de disparaître partir pour le Brésil, avec entrain, sans connaître l'horreur de cette destination. Elle trouvait cette histoire émouvante. Elle voit cet homme en costume noir parcourir tout le pays pour retrouver celle qu'on lui a enlevée, ne l'aimer jamais autant qu'absente, arrachée, torturé par cette absence, torturé. Lui parlant à voix haute comme si elle était encore là.

« Dis, est-ce qu'on ne se reverra vraiment plus jamais ? »

Ses questions resteront sans réponse. La splendeur de l'amour. Et sa cruauté.

Où peut-elle être ? Au commissariat de Rio, on lui explique que ce genre d'enlèvement est courant. Maintenant, elle travaille sans doute dans un bordel quelque part dans le pays. C'est alors que l'amant commence à l'aimer d'un amour infini, maintenant qu'elle a disparu. Et Amélie se voit, elle, droguée dans un bar du bout du monde, subissant l'impensable à chaque instant, mais sauvée par cette certitude d'être aimée, elle, torturant l'aimé par son absence, à tout jamais sauvée...

Faut-il partir pour être aimée ? Elle s'accroche à Tristan, elle voit bien qu'il prend de la distance, elle sait qu'il y a d'autres femmes, et que s'il reste auprès d'elle, c'est davantage par compassion que par amour. Alors quoi ? Disparaître ? Mourir ? Combien de fois a-t-elle imaginé sa propre mort ? Elle ne parvient à se sentir aimée qu'en s'imaginant regrettée. On pleurera sur elle. On la regrettera. Et Tristan la cherchera dans tout le pays, désespéré de l'avoir perdue. Alors, à son tour, il se perdra dans l'évocation de ce qu'ils auraient pu vivre ensemble. Trop tard. Trop tard. Elle est partie ! Souvenez-vous comme elle souriait ! Et la façon qu'elle avait de pencher la tête sur le côté quand elle était intimidée ! Et ses yeux ! Et ses reins ! Trop tard ! Elle avait une voix fragile, terriblement féminine. C'est tout ça qu'il faut enterrer à présent. Vous pouvez toujours tenter de creuser dans cette terre, vous pouvez vous casser les ongles, c'est trop tard, définitivement ! *Elle a disparu !* Elle appartient maintenant à la famille des anges.

16

Le hall était noir de monde. Plusieurs policiers parlaient avec le patron de l'hôtel. Amélie se demanda ce qu'il se passait. Elle interrogea son voisin. « Je sais pas », dit-il avec un sourire complice. On ne voyait rien de particulier, si ce n'est le désordre d'un attroupement spontané. Tout le monde essayait de se grandir pour voir au-dessus des têtes. On ne savait pas au juste ce que l'on espérait découvrir, mais il y avait du monde, et cela devait garantir quelque chose d'extraordinaire, tant il n'est pas ordinaire, aujourd'hui, de voir des gens s'intéresser les uns aux autres, sinon par voyeurisme.

Amélie fendit la foule et voulut prendre l'ascenseur, mais un des policiers s'interposa. « Utilisez les escaliers », lui ordonna-t-il avec sécheresse. Puis, l'ayant considérée, il ajouta sur un ton plus courtois : « L'ascenseur est bloqué. »

Elle prit donc les escaliers. Au deuxième étage, elle pressa le pas, prise d'une intuition stupide. Et si Tristan avait quelque chose à voir avec cet attroupement ? Un frisson la traversa. Elle pensa au Brésil, aux amants qui ne se revoient jamais, et elle se mit à courir dans les escaliers.

Elle arriva devant la porte, l'ouvrit, entra dans la chambre. La fenêtre était encore ouverte, les rideaux légèrement gonflés. « Tristan ? »

Pas de réponse. Il n'était plus dans le lit. Elle tourna sur elle-même comme si, dans une dernière inspection, elle espérait tomber sur lui. « Où est-il ? » dit-elle à voix haute. Ses affaires n'étaient plus là. Soudain elle eut l'atroce sensation d'avoir toujours su. Les événements ne faisaient que confirmer ses intuitions successives. Elle paniqua. Elle comprenait que c'était la fin.

Elle sortit de la chambre comme elle y était entrée, en courant, et laissa la porte ouverte. Elle se pencha au-dessus du vide, sur la cage d'escalier, mais elle ne vit rien. Alors elle dévala, dévala les marches jusqu'à la réception. Elle se tient à la rampe. Ses pieds voudraient s'emmêler. L'impression, sauter une marche. Vite. Où est-il ? Déjà, elle sentait dans son ventre de violentes secousses. La fin, se dit-elle à nouveau. N'est-ce pas ce qu'elle prépare en silence depuis le début, comme si rien d'autre ne pouvait advenir que sa propre fin ?

Il y avait un peu moins de monde. Elle chercha du regard quelqu'un qui aurait pu la renseigner. La réception. Non. Trop de monde. Et leur dire quoi ? Vite. Demi-tour. Là, un policier, égarée.

— Excusez-moi…

— Vous cherchez quelque chose ?

— Qu'est-ce qu'il se passe ?

— Rien, rien, ne vous en faites pas, lui dit-il avec un sourire se voulant rassurant. Il y a eu un petit accident.

— Je cherche mon fiancé !

Le policier prit un air plus grave qui ne fit qu'accroître la panique d'Amélie.

— Vous l'avez perdu de vue ?

— Il n'est plus dans la chambre !

— Il est peut-être allé se promener, hasarda-t-il.

Elle fit un pas en arrière. Elle réalisa qu'elle était ridicule. C'est cette histoire d'amants, pensa-t-elle.

Elle le remercia d'une voix pratiquement éteinte et décida de remonter attendre dans la chambre. En se dirigeant vers les escaliers, elle aperçut une femme à terre, comme évanouie, morte peut-être, et une foule autour.

Oui, il est probablement allé se promener. Il a vu que je n'étais plus là et s'est dit qu'il me retrouverait sur la plage. De toute façon, ça ne peut être que ça.

La porte était maintenant fermée. Le vent, la fenêtre ouverte. Elle entra dans la chambre.

Tristan se tenait devant le lit, une serviette autour de la taille. Apparemment, il sortait de la douche.

Elle aurait voulu se jeter dans ses bras, mais elle n'osa pas.

— Tu es là ? fit-elle.

— Bah, oui ! Tu as l'air étonnée... Ça ne va pas ?

Elle s'approcha de lui.

— J'ai cru que je ne te reverrais plus...

Il se mit à rire.

— Qu'est-ce que tu racontes ?

17

Ce qu'elle raconte : « La dépouille gisante des illusions, les promenades solitaires, tous les déserts de notre solitude à deux, les promesses de circonstances, la dépravation, la sécheresse, la cloison insolente des numéros, des paragraphes, les indécisions à outrance, les tyrannies secrètes, l'attrait de la mort, toutes les attaques, les guerres et les insurrections souterraines ; l'appel, la fascination de l'infini, la peur de la mort, le Royal, la plage, le sable, la courbe splendide de la plage, la vie qui se déroule sans nous et qui nous abandonnera là, à l'ombre des espoirs enfantins, les tragédies bas de gamme, les cris sans voix, les ciels sans étoiles, les tourments sans objets ; les crapauds, les musaraignes et les phoques, le hasard, la librairie, le moulin, les passages piétons, la débauche, la tentation de l'éparpillement, les anxiétés, les ongles rongés, les brûlures au ventre, et la sensation de n'y pouvoir rien ; le vertige, l'éloignement, le silence, la peur de se perdre, de ne jamais se revoir, le taxi brésilien sur le bord de la route, l'aspérité et les outrages, la diminution, le délice du sommeil – le délice de la mort. »

Tristan était encore dans son bureau. Il avait projeté de venir chercher Amélie à la sortie de son école et de partir directement pour Deauville. Il était censé déjeuner avec Nicolas, mais n'en avait plus envie.

Depuis quelques semaines, Nicolas était amoureux, et le bonheur des autres a quelque chose d'indécent, quand bien même on le sait provisoire et fondé sur des illusions que la vie se chargera rapidement de dissiper. Tristan voulut passer un coup de fil à sa secrétaire pour lui demander d'annuler, mais y renonça finalement.

Il resta encore deux heures dans son bureau à ne rien faire. Il considérait sa vie dans son ensemble et ne parvenait pas à chasser le dégoût qu'il ressentait depuis plusieurs jours. Que restait-il de ses anciens élans ? Pratiquement rien. Il s'était éteint. D'ailleurs, autour de lui, tout lui semblait dramatiquement éteint. Plus de folie. Plus d'enthousiasme. Rien.

Il regarde maintenant l'immeuble d'en face, debout devant sa fenêtre, et, par un jeu de lumière, son visage apparaît sur le carreau. N'est-ce pas le visage d'un faible ? Il fronce alors les sourcils. Quand il était adolescent, il croyait sincèrement qu'un destin particulier l'attendait. Il se sentait supérieur aux autres. Autour de lui, les gens se soumettaient. Il avait à l'époque un visage sombre, incapable de compromis – sombre et fier. Aujourd'hui, il lui arrive d'avoir tellement peur d'être seul qu'il préférerait passer du temps avec quelqu'un d'insignifiant plutôt qu'avec lui-même.

Les êtres supérieurs sont des solitaires, pense Tristan. Il le sait bien, il n'a pas été à la hauteur de qui il aurait voulu être. Il a gâché son début de vie avec de petites ambitions, de petites exigences, de petits plaisirs. Il l'aurait voulue héroïque, sa vie. Sublime. Il aurait voulu être capable de grandes passions, se brûler pour des choses ridicules, et que tout soit splendide autour de lui. Il aurait voulu savoir tout sacrifier pour un absolu, quel qu'il soit. Être généreux, noble, dur. Ne pas tomber dans des considérations de demi-mesure, ne pas s'abandonner à la médiocrité. Mais les choses sont évidentes maintenant : il appartient à la race des tièdes. Le seul bien qui lui restera au monde sera d'avoir quelquefois pleuré. Et encore.

Tristan regarde autour de lui : son bureau, sa chaise, son téléphone, ses dossiers ; et il ressent une fatigue qu'il ne parvient pas à expliquer. C'est vrai, il avait cru sentir en lui tous les axiomes d'un destin sublime. Il allait devenir un grand homme, et ses tourments seraient fatalement à la mesure de cette promesse faite à l'avenir – démesurés. Aujourd'hui, c'est surtout leur petitesse, la petitesse de ses tourments, qui l'attristent. Finalement, il est devenu un être vulgaire dont les conflits intérieurs ressemblent davantage à des caprices bourgeois. Le pire, dans son attitude, c'est cette facilité avec laquelle il se trouve des justifications et des circonstances atténuantes. On s'excuse tout aujourd'hui. À l'époque, il était en révolte contre lui-même, il menait des révolutions permanentes – et ne mesure-t-on pas la puissance d'un individu à la somme de ses désaccords avec lui-même ? Et puis, soudain, ses illusions ont perdu leur virulence et se sont modestement acheminées vers l'indifférence, vers le dégoût, vers la médiocrité.

La secrétaire de Tristan entre alors dans le bureau et lui annonce que Nicolas vient de décommander le déjeuner.

Tristan la regarde sans étonnement. Il sait bien ce que Nicolas lui reproche.

Amoureux ? Il réalise qu'il l'envie. L'amour est sans doute la seule chose intéressante au monde. Adolescent, d'accord. Mais maintenant ? Il n'y croit plus, ce n'est plus possible.

Ils se sont rencontrés plusieurs années auparavant. Aujourd'hui, leur amitié est menacée par mille petites choses, ces compromis, ces malentendus dont on s'embarrasse avec l'âge. Il y a eu Amélie d'abord. Les femmes sont le cancer de l'amitié. « Tu ne l'aimes pas ! Alors pourquoi t'installer avec elle ? », lui avait-il demandé à l'époque. Tristan n'avait pas osé lui répondre que c'était par faiblesse, pour compenser les souffrances qu'il lui faisait endurer. « Je l'aime, c'est tout », s'était-il contenté de dire. Et pour ne pas être suspecté de contradictions, Tristan ne lui avait jamais parlé de ses infidélités.

Nicolas avait une vision romantique de l'amour, une vision pure, mais souvent grotesque. Il plaçait en toute chose une sorte d'absolu et ne parvenait pas à comprendre que l'on puisse hésiter, se torturer par indécision, revenir sur ses choix.

Trois ans auparavant, il était tombé amoureux d'une femme qu'il avait suivie à New York. Il avait tout abandonné pour elle et ne concevait pas que l'on puisse agir autrement. À New York, d'après ce qu'il lui avait raconté, ils avaient habité dans un petit hôtel crasseux au milieu des junkies et des putes. Pendant six mois, ils étaient restés dans ce trou, au milieu de la pire des laideurs, perméables à l'obscénité du monde, à sa voracité tachée de boue – ils avaient été heureux, sans doute. À la fin, la fille le laissa tomber et il rentra en France.

Un peu par hasard, il se laissa emporter par le journalisme, auquel rien ne le destinait véritablement, si ce n'est un goût pour la paresse et une mauvaise foi certaine. Cependant, il ne travaillait pratiquement jamais. « Nicolas travaille » était une phrase suffisamment improbable pour en devenir comique. Plus précisément, il avait ceci de particulier qu'il ne travaillait pas plus de deux semaines par an, mais, quand il travaillait, il fallait que tout le monde le sache : il était du genre à appeler simplement pour prévenir que, si par hasard on espérait le voir dans les deux semaines, ce n'était *vraiment* pas possible, son agenda était aussi complet que la salle de théâtre représentant la pièce qu'il rêvait secrètement d'écrire.

20

Celui qui rêvait secrètement d'écrire avait donc annulé leur rendez-vous. Oui, Tristan savait ce qu'il lui reprochait. Il lui reprochait ce rire terrible qu'il avait eu, une semaine auparavant, et cette façon de regarder son Aurore, celle de l'amour et des emportements fous ! Avait-il vraiment tenté de la séduire sous les yeux de Nicolas ? Je crois plutôt que Tristan avait simplement voulu le menacer, menacer cet amour qu'il prenait pour un absolu, et jouer bien sûr, toujours jouer. Mais pourquoi avait-il ce besoin de tout saccager autour de lui ? C'était une soirée normale. Amélie n'était pas venue, elle avait préféré se coucher tôt. C'était la première fois qu'il rencontrait Aurore. De loin, d'abord. Elle discutait avec plusieurs personnes. Tristan la trouva belle. Pourtant elle n'avait rien de ces femmes exceptionnelles dont la simple vision vous transporte dans des rêveries indécentes, et l'on pouvait sans peine évoquer quelques défauts sur son visage, mais – était-ce cette insistance dans le regard ou le mystère d'une femme qui, soudain, apparaît ? – Tristan avait senti entre eux comme le complot silencieux du destin.

Il l'aborda un peu plus tard dans la soirée. C'est alors qu'il se surprit à la séduire légèrement. Le regard distant, mais concentré, l'air plutôt désinvolte, charmeur mais désintéressé, un peu méprisant, sûr de lui, la panoplie de la séduction bon marché, mais elle semblait amusée par ce jeu.

— Vous écrivez aussi ? lui demanda-t-elle à un moment.

Tristan eut un rire odieux.

— Pourquoi « aussi » ?

Souvent, Nicolas ne jugeait pas utile de faire la distinction entre « être écrivain » et « espérer un jour le devenir ». Il passait ainsi pour quelqu'un qu'il n'était pas, et il avait raison puisque les femmes n'y étaient pas insensibles. (D'ailleurs, d'une façon générale, elles n'aiment que les hommes ressemblant vaguement à une image simpliste et préconçue de la perfection, image disponible dans le plus petit des cerveaux. Mais, au fur et à mesure de l'inévitable déclin masculin, en découvrant que l'élu s'éloigne dramatiquement de cette projection initiale, elles commencent à lui acheter une veste pour lui donner l'élégance qui lui manque ; toujours sous couvert de générosité, elles lui offrent le parfum qu'elles ont senti la veille sur une silhouette plus virile, elles l'encouragent ensuite à faire du sport pour qu'il s'approche de cette silhouette qu'elles voudraient étreindre, et le travestissement continue jusqu'au jour où elles décident que ce serait follement chic de sortir avec un « artiste », et c'est ainsi que notre petit homme martyrisé, en plus de la veste et du parfum, se met au travail, l'âme en peine.)

Nicolas était donc devenu un écrivain, peut-être même l'un des plus prometteurs de sa génération, à cette nuance près qu'il n'avait jamais rien écrit. D'ailleurs, pourquoi rêvait-il d'écrire ? La reconnaissance ? Pour la rendre faussement amoureuse ? On voit partout des êtres en souffrance capables de tout pour ces pauvres pansements. Chaque matin, ils refont la même prière, suppliant celui qu'ils voudraient être de bien vouloir advenir, ils parlent fort – mais, secrètement, ils se détestent.

— Est-ce que j'écris « aussi » ? répéta amicalement Tristan. Je vais dès ce soir sauver mon meilleur ami du ridicule d'une histoire d'amour, et, par la même occasion, sauver une femme du ridicule de mon meilleur ami. Je suis capable de toute cette veulerie. Alors pourquoi irais-je écrire en plus ?

Ce rire et cette séduction bas de gamme, tu ne les as pas supportés. Et, dans tes yeux, je devine déjà des kilomètres de reproches, et, s'échappant à peine d'une bouche fermée, des aveux de défaite. Oui, je devine même tes mots, Nicolas. Tu me reproches de détruire, de détruire tout ce qui se construit *sans moi*. Pour alourdir mon cas, tu évoques les sentiments que tu as pour elle. Tu te dis que je suis de ceux qui, sentant qu'ils tombent, préfèrent ne pas tomber seuls. De ceux qui, constamment, comme s'ils étaient définitivement privés d'amour, recherchent en tout leur propre diminution. Je n'essaie pas de pervertir tes espoirs, mon vieux, la vie s'en chargera avec suffisamment d'efficacité, j'essaie seulement de sauver les miens, de retrouver une nouvelle forme de délivrance.

Je connais une vieille folle qui, sachant que sa maison s'écroulera d'un instant à l'autre, attend depuis des années dans le froid que la chose advienne, pestant qu'elle ne soit pas encore advenue. Je suis cette vieille folle, Nicolas. J'attends l'écroulement, je l'appelle à moi pour qu'il vienne me délivrer de l'attente. Et le plus tôt sera le mieux. Peut-être un jour connaîtras-tu aussi ce plaisir intense que l'on peut ressentir à tout sacrifier, à prendre pour cible toute possibilité de salut, et à l'abattre, lui faire la peau, et recommencer jusqu'à n'en plus pouvoir, pan ! et retourner le cadavre d'un coup de botte. Ou à l'inverse la sauver : se pencher sur un être, le dévier de ses anciens désirs pour lui en imposer de nouveaux, plus nocifs, afin qu'il en crève.

21

Il se leva et sortit de son bureau. Dans à peine deux heures, il irait chercher Amélie à la sortie de son école et ils partiraient amoureusement vers Deauville. Il n'avait pas envie de travailler. Il décida de marcher, de flâner au hasard des rues. Curieusement, l'idée lui vint d'aller jusqu'à la Librairie Polonaise. Au fond, il n'y était jamais entré.

Il le fit comme on entre dans un temple. Il regarda autour de lui. Des livres étaient posés sur une table, d'autres rangés sur des étagères ; bien que polonaise, c'était une librairie tout à fait ordinaire. Soudain, une des vendeuses vint le voir et eut cette étrange réflexion :

— Alors, comme ça, vous vous intéressez à la poésie ?

Tristan fut un peu surpris. Il ne savait pas quoi répondre. Il haussa vaguement les épaules. Une façon de dire oui, mais sans plus.

— Ah, bon ? J'avais l'impression que vous achetiez chaque fois de la poésie. Je croyais, mais peut-être...

— Moi ?

— Peut-être que je me trompe, je...

— Non, je ne crois pas. Que ce soit moi.

— Je dois me tromper de personne. Ce n'est sans doute pas vous...

— Non... C'est un autre.

Il lui fit un sourire gêné, la remercia et sortit de la librairie.

En marchant, il repensa à sa rencontre avec Amélie. C'était toujours dans cette région du souvenir qu'il venait puiser sa tendresse. Il repensait à cette façon qu'elle avait eue de traverser le passage piétons. Il avait l'impression de connaître parfaitement les secrets de ses jeux, l'intimité de ses folies. Parfois, je te regarde de loin, mon ensoleillante ! Je te regarde et je devine ce qui se passe dans ta tête. Ce masque que tu as accroché dans le salon, celui que tu as rapporté d'Afrique, une fois je t'ai surprise en train de lui parler à voix haute, tu lui demandais s'il n'avait pas trop froid, comme ça, un masque, puis tu es allée fermer la fenêtre du salon. Quelques jours plus tard, j'ai vu que tu avais acheté un disque de musique africaine, je sais parce que je te connais parfaitement, je sais que parfois tu le mets pour qu'il n'ait pas trop le mal du pays, un masque ! Ta douce folie, elle est faite pour moi, chérie, celle de ta solitude, quand tu crois que personne ne te voit et que tu te mets à danser, belle, comme ça, c'est ce que j'aime en toi, et tout à l'heure nous serons à Deauville !

Puis, comme prévu, il va jusqu'à la bijouterie qui se trouve à côté de son appartement. À l'intérieur, il n'y a pas de client. Il achète une bague. Il prend la plus belle de la boutique. Lui plaira-t-elle ?

Il prépare ensuite ses affaires pour le départ. Il songe à ce qui va se passer là-bas, et un frisson le traverse. Puis il prend sa voiture et roule jusqu'à l'école d'Amélie. Il se gare juste devant la sortie, et au moment où il coupe le moteur, la sonnerie retentit. Quelques minutes plus tard, Amélie apparaît sur le parvis, vêtue d'une robe d'été. Elle lui fait un signe de la main et se rapproche de la voiture.

— On part directement ? demande-t-elle avec excitation.

— Sauf si tu as besoin de passer à l'appartement.

— Euh… T'as pris mon sac ?

— Il est derrière.

— Alors on peut y aller !

Un peu plus tard, il se range sur le côté, elle veut acheter des cigarettes. Tristan en profite pour lui demander de poster une enveloppe. Il la cherche dans ses affaires et la lui tend. « Qu'est-ce que c'est ? » Il dit quelque chose d'inaudible et elle n'insiste pas. Elle regarde : ça ressemble à une lettre administrative. Elle hausse les épaules et sort de la voiture.

En attendant, lui vient cette idée qu'il pourrait partir, démarrer tout de suite et partir. Elle revient un instant plus tard, un paquet à la main. C'est alors que Tristan se dit qu'elle aurait très bien pu monter dans une autre voiture et continuer sa vie ailleurs. Elle aurait pu être une femme anonyme achetant un paquet de cigarettes, une femme qui ne serait jamais entrée dans sa vie. Finalement, tout aurait très bien pu ne pas être.

Pourquoi elle et pas une autre ? se demande-t-il encore une fois.

Elle ouvre la portière, s'assoit à ses côtés et fait une grimace. « Ça y est, on peut partir ! » Soudain, Tristan sent une angoisse féroce. Il commence déjà à regretter. Finalement, ce n'était peut-être pas une bonne idée, Deauville, la bague. Tout ça.

22

— Tu es là ?

Tristan la regarde, un peu surpris. Une serviette autour de la taille. Elle a l'air paniquée.

— Bah, oui ! Tu as l'air étonnée… Ça ne va pas ?

Elle s'approche de lui. Elle voudrait le prendre dans ses bras. Elle a eu peur.

— J'ai cru que je ne te reverrais plus…

Il se met à rire.

— Qu'est-ce que tu racontes ?

Soudain, elle regrette d'avoir dit ça.

— Tu es prêt ?

Tout à l'heure, ils ont marché jusqu'au port. Maintenant, je les vois dans un restaurant du centre, un restaurant réputé pour son poisson. La réception de l'hôtel a certifié que c'était un des meilleurs de la ville. Tristan a pris avec lui la bague qu'il a achetée la veille à Paris.

— Tu te souviens de la fille avec ses valises ? lui demande Amélie.

— Celle d'en bas ?

— Oui. Eh bien, *elle a disparu.* C'est étrange, non ?

Tristan ne l'écoute qu'à peine. Mariés, nous serons aussi vifs que ces poissons crevés, se dit-il soudain.

Quand on y pense : qu'y a-t-il de plus con que tout ce qui vit dans la mer ? Pas d'angoisse pour eux. Pas d'anxiété. La sagesse est marine. Mais, finalement, n'est-ce pas dans ses tourments intérieurs que l'homme trouve sa dignité ? La plupart des gens ressemblent à des poissons. L'ironie digestive.

Amélie lui parle d'un vague projet.

« Tout à l'heure, quand je me suis promenée, j'ai vu une chambre d'hôte. C'était une petite maison avec de la vigne vierge...

— T'aurais préféré dormir dans une chambre d'hôte ?

— Non, mais je me disais que j'aurais tellement aimé vivre avec toi dans ce genre d'endroit. Tu vois, quitter Paris et ouvrir une chambre d'hôte, comme ça. Ça ne doit pas demander beaucoup de travail, une chambre d'hôte. Enfin, quand je dis « une », je veux dire plusieurs. Pour qu'on puisse en vivre. Non ? Ce qui doit être intéressant, c'est que tu rencontres tous les jours des gens différents...

— Des touristes ?

— Pas seulement... T'aimerais pas, toi, vivre comme ça au bord de la mer ? Ne plus vivre à Paris... »

Tristan respire fort. Seul ici, avec elle, le matin avec elle, le soir avec elle. Il lui dirait qu'elle est l'odeur du lilas et le bruit de la pluie dans le jardin...

Après le déjeuner, ils décident d'aller sur la plage. À un moment, Amélie aperçoit une femme allongée au milieu de la route. Plusieurs personnes sont maintenant autour d'elle. Une voiture est rentrée dans un lampadaire, probablement en essayant de l'éviter. Amélie s'arrête un instant ; c'est la deuxième personne qu'elle voit à terre aujourd'hui. La renversée est blonde, on dirait une scène de cinéma.

Ils s'installent sous un parasol orange. Tristan lit tandis qu'Amélie semble dormir. Parfois, elle se dresse sur les coudes et regarde l'horizon en fronçant les sourcils. « Tu veux pas te baigner ? » Son estomac a l'air d'aller beaucoup mieux. À croire que. « Non, pas maintenant, mais vas-y, toi. »

Quelques femmes passent en maillot de bain ; Tristan pose son livre. C'est la torture lancinante du monde qui revient à la charge. Le cortège de la tentation. Aussi loin qu'il s'en souvienne, il a toujours été captivé par le corps des femmes, toujours il a su y déceler quelque mystère, quelque obsession. Parfois, cette pensée horrible lui vient à l'esprit : combien aurait-il donné pour ne jamais la rencontrer, elle ?

Et comme si elle devinait ses pensées, Amélie le regarde d'un air méchant, puis se lève sans rien dire. Il sait qu'elle n'est pas contente. Il devrait la rattraper, lui dire que, mais il ne fait rien. Il ferme les yeux.

23

Il a emporté la bague, dans une boîte cachée dans son sac. Il ne sait pas encore quand il la lui donnera. Il imagine déjà sa joie. Amélie a une relation particulière avec les objets qui lui sont chers, une relation qui n'est pas loin de l'obscurantisme. Un jour, Tristan lui a offert une orchidée blanche. Amélie l'a d'abord mise dans le salon, puis l'a changée de place une dizaine de fois. Selon elle, il y avait plus de soleil dans la chambre, mais moins de bruit dans la cuisine : comment choisir ? Elle la traitait comme un être humain. Du coup, elle culpabilisait de ne pas suffisamment s'occuper d'elle. Elle vaporisait de l'eau sur ses feuilles avec la maladresse d'une jeune mère.

Dans son ancien studio, alors qu'elle vivait seule, son attention aux choses était encore plus mystérieuse. Le masque africain par exemple. De même, avec ses peluches qui occupaient l'extrémité de son lit depuis toujours. Comment leur expliquer qu'elle voulait s'en défaire sans les vexer ? Elle les retira une à une. Mais là encore : comment choisir ? Comment faire pour ne pas les monter les unes contre les autres ? Amélie était persuadée qu'il s'agissait là d'un véritable problème. Il faudrait leur expliquer calmement ; elles comprendraient, du moins fallait-il l'espérer.

J'ai déjà parlé d'une autre de ses fantaisies, cette impression d'être observée en permanence. Quand ce n'était par sa mère, il lui semblait qu'un autre œil traversait tous les objets. Ou alors que, derrière les murs, certains garçons de son âge, ceux dont elle avait été amoureuse, enfant, l'épiaient et la jugeaient en permanence. Aussi devait-elle sans répit être fidèle à l'image qu'elle voulait donner. Tout relâchement devenait inconcevable. C'est ainsi qu'elle avait visualisé l'exigence que l'on peut avoir de soi. Et sa culpabilité par rapport au monde.

De quoi se sentait-elle coupable ? Sa mère ne lui avait jamais raconté comment elle était née, mais elle avait bien compris que son père n'était pas le genre d'homme à s'installer avec une famille. Après son départ pour l'Allemagne, il avait beaucoup voyagé, toujours, sans doute, pour fuir un quelconque point d'ancrage. Mais il revenait régulièrement en France et passait voir Amélie. Il ressentait lui aussi une certaine culpabilité, dans la mesure où il n'avait jamais été très présent comme père. Et comme pour se justifier, il avait plusieurs fois tenté de lui expliquer pourquoi il était parti. Amélie retint la leçon : s'il avait épousé sa mère, c'était uniquement parce qu'elle avait été enceinte, et si sa mère était devenue dépressive, c'était parce qu'elle avait perdu son mari. Ainsi, d'une façon indirecte, elle devenait la cause de la détresse de sa mère.

24

Dès lors, elle n'eut de cesse de vouloir s'effacer. Petite fille, elle ne parlait pratiquement jamais, aussi la jugeait-on d'une timidité maladive. Mais sa volonté inconsciente de disparaître prit une forme plus inquiétante durant son adolescence : elle ne mangea pratiquement plus. Sa mère mit un certain temps à comprendre que sa fille était anorexique.

Amélie se regardait dans la glace : elle trouvait une véritable consolation à se rapprocher petit à petit de l'inexistence ; bientôt, elle ne serait plus. La sensation de vide intérieur se confondait parfaitement, dans son esprit, avec la notion de pureté, voire de chasteté : manger, c'était se salir du monde extérieur, c'était coucher avec toutes les souillures des autres. Elle ressentait parfois des vertiges, des évanouissements, des pertes de contrôle, et cela était délicieux.

Sa mère ne comprenait pas son obstination et s'en désintéressa d'abord, avant de s'en inquiéter excessivement. Elle venait de trouver l'argument de sa vengeance. Le médecin, effectivement, parlait déjà d'une hospitalisation. Et s'il fallait trouver un responsable dans cette affaire, c'était sans aucun doute ce père absent. À travers sa fille, la mère allait pouvoir tenir son mari fuyant et l'enfermer dans la plus mesquine des prisons, celle de la culpabilité. Elle allait se réaliser par sa fille : ce qu'elle n'avait pas fait, sa fille allait le faire.

Amélie tomba malade et arrêta provisoirement les cours. Mais elle refusait toujours de se nourrir. Elle ne savait pas exactement ce qu'elle recherchait en agissant de la sorte ; d'ailleurs, recherchait-elle quelque chose de précis ? Elle se trouvait devant un fait : elle n'avait pas faim, et ce manque était devenu un élément de son identité.

Parfois, le soir, elle s'écrivait des lettres dans lesquelles elle pleurait sa disparition progressive ; jamais elle n'avait touché des sensations aussi fortes. C'est à cette période qu'elle prit l'habitude d'imaginer sa mort. Elle le faisait souvent dans son lit. Elle était alors si triste qu'elle pouvait s'endormir. Sa mort était devenue le rituel du sommeil. Elle pleurait à chaudes larmes de se voir éteinte.

On l'hospitalisa un mois de décembre. Son père revint à Paris pour la voir. Il demanda à rester seul avec elle. Il lui prit la main. Il lui parlait à voix haute, lui demandant de se battre et de rester parmi eux. Amélie gardait les yeux fermés, elle écoutait attentivement tout ce qu'il lui disait, mais faisait comme si elle n'entendait pas. Elle était enfin cette morte sur laquelle on pleure. Quoi ! Il suffisait de ne pas manger pour ramener à soi un père absent ?

25

Tristan lui avait dit sur un ton anodin qu'il avait déjeuné avec Nicolas, alors qu'elle l'avait vu avec une fille dans un restaurant, près d'Odéon. S'il ne lui disait pas la vérité, c'est qu'il avait intérêt à la cacher. Or, pourquoi aurait-il intérêt à cacher ce déjeuner s'il ne révélait rien d'autre ? Le pire, pour elle, c'était l'assurance avec laquelle il lui avait menti. Comment, désormais, pourrait-elle savoir s'il disait la vérité ou s'il mentait ?

— Avec Nicolas ?

— Oui, on est allé au Magnolia.

Amélie n'avait pas osé lui dire qu'elle l'avait vu avec quelqu'un d'autre. Elle avait trop peur de déclencher une dispute fatale. Ne se donnant pas le droit à des explications, elle devait se contenter de la suspicion permanente, ce qui, à beaucoup d'égards, est un châtiment plus cruel.

Ce soir-là, ils allèrent au théâtre. Elle n'écouta pas un seul mot de la pièce. D'ailleurs, aujourd'hui, elle ne se rappelle même plus le nom de cette pièce. Elle était tout entière traversée par le doute. Elle aurait dû lui en vouloir, partir, le quitter peut-être, mais au lieu de ça, et au mépris de sa propre dignité, elle se retrouvait à côté de lui, dans une salle de théâtre, comme si de rien n'était. Et cette violence qu'elle aurait dû exprimer contre lui, elle la redirigea contre elle-même : elle s'en voulait de ne pas avoir le courage de lui reprocher ses mensonges, elle se trouvait faible, elle était tout ce qu'elle n'aimait pas – elle ressentit alors un profond dégoût pour elle. Elle avait terriblement mal à l'estomac. Elle se leva et quitta la salle.

Une heure plus tard, Tristan était à son chevet, comme son père autrefois, et lui demandait pourquoi elle s'était levée, pourquoi elle était partie sans le prévenir ; elle se contenta de lui répondre qu'elle avait mal au ventre. Cet anéantissement d'elle-même, cette disparition douloureuse qu'elle avait commencée dans son enfance, elle allait enfin pouvoir la mener jusqu'à son terme. Finalement, elle ne pouvait régner que mourante.

26

— Ce matin, reprend Amélie, je me suis promenée pendant que tu dormais et j'ai essayé de retrouver la maison qu'avait louée ma tante pendant deux étés, mais je ne l'ai pas trouvée...

Tristan la regarde en train de se changer. Il est allongé sur le lit, la tête à l'envers, et il l'admire. Ses longues jambes, la douceur de sa peau, l'endroit nu de son épaule. Des signes d'éternité.

Il repense à ce qu'elle disait tout à l'heure concernant la maison d'hôte. Est-ce qu'il aimerait vivre ici avec elle, s'écarter du monde ? Il aime étrangement Paris, cette énergie particulière qui laisse espérer, chaque jour, que quelque chose de nouveau va peut-être advenir. Une délivrance ? Il sent qu'il a besoin de cette agitation autour de lui, comme d'autres, pour s'étourdir, ont besoin de l'alcool.

Tout à l'heure, quand le soleil se faisait moins présent, ils ont pris la voiture et ont roulé un certain temps : Tristan voulait voir les falaises qui se trouvent à l'ouest de Deauville. Il a toujours aimé les falaises désertes. Toujours il a ressenti un vertige en regardant la mer, et, en même temps, une sorte d'attraction, une envie inavouée de sauter – ce qui est finalement la même chose, tant sauter serait une façon de succomber à ce vertige. Ils ont marché sur le sentier qui longeait la côte, puis Amélie a voulu rentrer. Tristan est resté seul, un temps, face à cette mer déserte, avec derrière lui le vent soufflant dans les arbres. Il a pensé à ces peintures du Nord, où l'on voit un homme solitaire se dresser face à l'infini de la mer. Amélie attendait dans la voiture. Il savait bien qu'à rester ainsi le spectacle de la nature tournerait vite en introspection, et cela lui était désagréable. Il se sentait vieux. Trente-deux ans. Pour lui, c'était déjà vieux, déjà l'âge des compromis. S'il est permis de considérer la vie comme un lent processus de démolition, il sent, lui, que ce à quoi il tenait le plus se trouve maintenant derrière lui. La vieillesse n'a pas d'âge. Il se détourne alors de l'horizon, du soleil, revient vers la voiture, et démarre.

Maintenant, comme un écho mystérieux à sa propre réflexion, il est allongé sur le grand lit, il la regarde, ses longues jambes, la douceur de sa peau, les promesses de ses tendresses, et Amélie, tout en se changeant, lui dit que ce matin, pendant qu'il dormait, elle a tenté de retrouver la maison de son enfance, mais qu'elle ne l'a pas retrouvée.

« Elle a disparu », ajoute-t-elle en faisant une grimace d'enfant.

27

Elle se dit que la vie est belle, non pas *contre* sa laideur, mais au-delà, construite comme un roman, avec un sens caché : il ne suffit pas de tourner les pages, mais de se laisser convaincre par la mécanique des mots, la lancinante mécanique des mots qui se répète, et se répète insidieusement pour accéder au sens caché.

Quand ils sortent du restaurant, Amélie ne veut pas rentrer tout de suite, elle voudrait se promener. Il fait plutôt doux. Elle se tient à son bras. Ils passent devant le casino, dont la façade est hypocritement blanche. Tristan a toujours aimé jouer, contrairement à Amélie qui trouve ça vulgaire et malsain. Il ne lui propose pas d'entrer.

Ils sont maintenant assis sur la terrasse du Bar du Soleil, devant la mer. Il y a beaucoup de monde. « C'est samedi soir », diagnostique Amélie. Ils s'installent à une table, ne disent rien. À côté d'eux, se tient un groupe qui fait beaucoup de bruit, et, quelque part au-dessus, flotte une grosse lune rousse.

— Ça donne envie de se baigner, dit Amélie.

Parmi eux, Tristan remarque un type d'une vingtaine d'années, brun et qui sirote un cocktail. Il dit quelque chose que Tristan ne parvient pas à entendre, et les deux filles, plutôt belles, qui sont assises à côté de lui, se mettent à rire. Sans bien savoir pourquoi, Tristan ressent alors une sorte d'attraction très forte pour lui, une envie irréfragable de lui parler.

— Qu'est-ce qu'il y a ? lui demande Amélie.

Tristan lui montre discrètement son voisin et lui dit qu'il a l'impression de l'avoir déjà vu, tout en sachant que ce n'est pas cette impression-là qui le trouble, mais quelque chose d'un autre ordre, quelque chose de plus subtil.

— C'est marrant, moi aussi, ce matin, j'ai croisé un couple et j'ai eu la même sensation. De les avoir déjà vus.

La vérité, c'est qu'il donnerait cher pour être à sa place. Beau, jeune, assis entre deux belles filles qu'il fait rire. La nuit devant eux. La vie aussi. Ce spectacle donne alors une dimension plus concrète à sa nostalgie. Maintenant il va se marier. Chacun son tour. Il faudra aussi accepter de mourir un jour.

Il ne lui a toujours pas donné la bague. Il essaie d'imaginer leur mariage.

Tout le monde se réunira près de Chartres, dans la maison de la grand-mère d'Amélie. Après la célébration, on se retrouvera dans le jardin. Il fait beau, malgré un vent assez fort : à plusieurs reprises, le chapeau de la mère d'Amélie manque de s'envoler.

C'est la première fois que Tristan rencontre le père d'Amélie, ce qui donne à cette journée un tour un peu surréaliste. Ainsi, vous épousez ma fille ? Enchanté ! Un à un, les invités viennent les féliciter. C'est à ce moment-là que Tristan réalise que la majorité des gens qui sont présents l'indiffèrent complètement. Il les observe et se sent étranger à eux. Pire : il se sent étranger à son propre mariage.

Pourquoi ce sentiment ? Il a pourtant invité toutes les personnes qui comptent pour lui. C'est la première fois, d'ailleurs, qu'il les réunit, et curieusement, il a un sentiment diffus de solitude.

Mais son malaise révèle un vertige plus large, celui du rétrécissement. J'ai déjà expliqué que Tristan vivait dans le fantasme de se maintenir dans un monde où *tout* resterait éternellement possible. Il se sera débattu jusqu'à la fin. Et qu'est-ce que le vertige du rétrécissement, sinon l'odieux constat que les différentes possibilités s'épuisent une à une, que la vie se spécialise et se cantonne à des enjeux de plus en plus restreints ? Nous vivons dans le monde de la spécialité. Nous avons *notre* quartier, *nos* amis, *notre* appartement, *notre* passé, *notre* femme, et tout ceci est ridiculement minuscule.

Pendant la cérémonie religieuse, le prêtre parlera de la parousie.

Qu'est-ce que la *parousie* ?

Je pense aux premiers chrétiens, auxquels il a été promis que le salut adviendrait prochainement, et qu'ils le verraient de leurs propres yeux. Ils ont vieilli dans l'attente, mais rien n'est advenu. Ils sont morts les uns après les autres, et rien ne s'est passé. Leur avait-on menti ?

Comment ne pas y voir un démenti de leur Sauveur ? À moins que ce ne soit un report, un report du salut. Ou peut-être était-ce mieux qu'un simple report : une révélation, une révélation sur la *nature* même de ce salut qui n'est jamais entier, jamais achevé, toujours en devenir.

Si le salut est toujours en devenir, la première facilité consiste à croire qu'il se trouve obligatoirement au terme de là où l'on est, et qu'il suffit de continuer son chemin pour le trouver. Comme s'il existait un ailleurs plus conforme à nos espoirs et que cet ailleurs était justement l'ailleurs vers lequel chaque jour nous nous acheminions. Le ciel est une de ces destinations.

C'est le mythe de la parousie. La parousie est la seule résolution qu'ont trouvée les premiers chrétiens pour ne pas voir dans le chaos du monde un démenti de l'existence de Dieu : la perfection se trouve justement où l'on est absent.

C'est une donnée de la structure psychique : je veux tout ce que je ne possède pas encore, je veux cet *ailleurs* qui s'échappe à moi et qui, seul, me permet de continuer à espérer.

La parousie, c'est l'incapacité à renoncer.

En se mariant, pourtant, il se fera la promesse de renoncer, c'est-à-dire qu'il abandonnera l'espoir du salut. Du coup, il se retrouvera seul face à son propre chaos et sera envahi par le vertige du rétrécissement : désormais, sa vie sera à peu près le prolongement de ce qu'elle est aujourd'hui. Il vivra avec Amélie. Sans doute auront-ils des enfants. Etc.

— À quoi tu penses ?

Amélie lui fait un sourire inquiet.

— Hein ? À rien.

À nouveau, il entend la rumeur lointaine d'une musique, une rumeur de fête cette fois, ne parvenant qu'incertaine jusqu'à lui, irréelle, diffuse, et comme tamisée par un rêve qu'il fait depuis longtemps. Alors, comme si sa mémoire constituait un refuge plus confortable, Tristan retrouve la sensation froide des dimanches soir, adolescent, lorsqu'il retournait à l'internat qui avait tout d'une prison. Dehors, c'était la vie, c'était l'excitation des corps qui se rencontrent et qui échangent leur chaleur.

Une fois qu'ils ont fini de boire, Amélie lui propose d'aller se baigner. Ils s'approchent de l'eau pour s'assurer qu'elle n'est pas trop froide. La lune éclaire encore les vagues.

— T'as vu, on ne voit rien. C'est ce que j'aime, moi, dans le fait de se baigner la nuit. On imagine ce qu'il y a en dessous...

Tristan regarde alors la plage déserte. La nuit a recouvert l'horizon et on ne voit effectivement rien, sauf cette lune dédoublée dans l'eau. Il pense aux plages de Bretagne où il a passé toute son enfance. Qu'est-il venu chercher ici, en Normandie ? Si l'on peut appartenir à un lieu, c'est à celui-là, la Bretagne, qu'il appartient. Il ferme les yeux et, sous ses paupières, il voit la mer bretonne, un peu sauvage, contenant des cris d'enfants, l'été, le bruit des bateaux à moteur, le vent dans les voiles gonflées, l'agitation délicieuse des vacances – toute sa vie à marée haute. Aujourd'hui, délaissées par la saison, ces plages sont désertes, mais l'été prochain elles retrouveront leurs joies. Tous les étés prochains, les plages revivront des étés *sans lui*. Et ce sera indéfiniment le même été. L'infini ne se soucie pas de lui. Quand il aura disparu et que de lui il ne restera rien, on pourra encore entendre sur ces plages les mêmes cris d'enfants, le même bruit des bateaux à moteur, le même vent dans les voiles gonflées, la même agitation délicieuse des vacances d'été. Tristan serre alors les poings. Finalement, il ne se passe rien, mais les années coulent au travers de ce royaume de l'enfance, de toutes parts percé. On ferme à peine les yeux, et l'on constate, étonné, qu'on a déjà une histoire, déjà des regrets, et des blessures aussi.

28

Amélie estime que l'eau est trop froide. Elle veut lui prendre la main et remarque que son poing est serré.

— Ça ne va pas ?

Il respire fort, mais ne répond pas. Elle baisse alors les yeux et essaie de comprendre ce qu'il se passe. A-t-elle dit quelque chose qu'il ne fallait pas ? Elle est prise d'un terrible doute. Pourquoi ne lui répond-il pas ? Et toujours avec ce regard distant, parfois méchant ?

Amélie lâche sa main, attend un instant pour lui donner le temps de réagir, puis, désespérant de son silence, fait volte-face et remonte vers l'hôtel, espérant qu'il la rattrapera, qu'il la contredira, qu'il lui expliquera, mais il reste inerte, au bord de l'eau, sans un mot.

Il revient lentement à lui. Pourquoi agit-il de la sorte ? On a l'impression qu'il essaie volontairement de lui faire du mal, de se venger d'elle. Il avance de quelques pas, ses chaussures sont maintenant dans l'eau, mais il ne réagit pas ; il éprouve une sorte de volupté à cette idée. Il considère l'inanité de toute chose. Qu'aurait-il voulu pour sa vie ? Il ne sait plus bien.

Il se retourne et se tient devant l'hôtel. À nouveau, l'idée lui vient de partir. Maintenant. Définitivement. Il souffle. C'est étrange, d'avoir l'impression d'être passé à côté de soi.

Puis il remonte péniblement vers l'hôtel. Amélie doit être dans la chambre. Il va devoir s'excuser. La consoler. Mais n'est-ce pas le rôle qu'il s'est toujours donné ?

Le hall est désert. Ce qu'il aimerait être libre ! Mais la liberté n'est possible qu'un temps. Il monte les escaliers. Amélie lui a dérobé sa liberté. Il comprend maintenant cette phrase qu'il se répétait souvent au début : « Elle est entrée dans ma vie comme un voleur. »

Parfois, Tristan se dit qu'il voudrait tout abandonner, d'un coup. Il partirait voyager seul, quelque part dans le monde – au Brésil peut-être. Ou alors il retrouverait sa maison d'enfance, en Bretagne. Que ferait-il alors ? Il écrirait sans doute. Car, bien entendu, comme ceux qui ne savent pas vivre, il lui arrive d'être tenté par les démons de l'écriture. On dit souvent qu'il faut plus de courage pour partir que pour revenir. C'est oublier que le retour est aussi un voyage, et qu'il demande autant de courage que l'aller, du moins l'implique-t-il.

Au troisième étage, il pousse la porte comme un condamné à mort. Amélie n'est pas là, ni dans le lit, ni dans la salle de bain. Où est-elle ? Il fait un tour sur lui-même, comme s'il espérait l'apercevoir dans une dernière inspection. Elle a disparu. Soudain, il a l'impression d'avoir toujours su. Il sort de la chambre. Elle est capable de tout dans la détresse, se dit-il. Un frisson d'horreur le traverse, et il prend ça pour un frisson d'amour.

29

Il va jusqu'à la cage d'escalier, se penche au-dessus du vide, mais ne voit rien. Que peut-il faire ? Où aller la chercher ? Il est envahi par une panique irrésistible, comme le soir du théâtre. Mais, au même moment, il entend un bruit provenant de leur chambre, dont la porte était restée ouverte. Il revient sur ses pas, traverse le couloir et, de loin, aperçoit Amélie debout, de dos, en plein milieu de la pièce ; elle était sans doute sur la terrasse. Il sourit en lui-même, comme pour masquer sa déception, monstrueuse.

Il croyait qu'elle avait disparu.

Ensuite ? Rentrer, la consoler, s'expliquer, lui donner la bague ? Terrible dégoût. Il fait un pas en arrière, mais déjà elle l'aperçoit. Alors il entre en silence. Derrière lui, étrange précaution, il ferme la porte à clef, puis va directement dans la salle de bain pour ne pas rencontrer son regard. Il cherche ses phrases. Soudain, il croise son propre visage dans le miroir et, une fois encore, y décèle un appétit féroce de destruction.

Amélie est maintenant derrière lui.

— J'aimerais que tu m'expliques, dit-elle d'une voix à peine audible. Je ne comprends plus...

Il se retourne. Il n'a même pas envie de lui expliquer. Elle ne peut plus supporter son silence, alors elle sort de la salle de bain et va s'asseoir sur le lit. Il la suit avec un peu de retard, puis se tient debout devant elle. Elle le regarde comme une enfant qui attend qu'on la délivre. Le ciel est lourd.

— Tu veux jouer au mort ? lui demande-t-il avec un air grave qui l'effraie.

— Quoi ?

Elle lui avait raconté comment elle avait joué à ce jeu, dans son enfance. Avec sa cousine. Et puis seule, parfois.

— Lève-toi.

D'un air hésitant, elle se lève. Elle sait qu'au moment où il lui dira de tomber elle tombera comme une morte ; puis il viendra la réanimer, et, au-delà du jeu, ce jeu auquel nous avons tous joué dans notre enfance, au-delà du jeu, je ne sais pas, une résurrection, une espérance…

Elle se tient debout, les yeux baissés. Elle attend la sentence.

— Tourne-toi.

Elle se tourne en silence. Au même instant, un nuage se dégage, ou quelque chose se modifie dans le ciel, et la lune réapparaît. Elle éclaire Amélie de face et donne à son visage un teint blême. Tristan lui ordonne de marcher vers la fenêtre. Elle s'exécute fidèlement, un pas devant l'autre, comme un automate. Et soudain : « Tombe ! »

Elle se laisse alors tomber sur le sol comme si elle était vraiment morte. Tristan est étonné de voir ce corps répondre au moindre de ses commandements, il en tire un plaisir pervers. En touchant le sol, on a entendu un bruit sourd, probablement la tête, mais Amélie est restée impassible, parfaite pour ce rôle qu'elle a répété toute sa vie, en silence.

Elle est maintenant au sol, inerte.

Combien de temps pourrait-il la laisser ainsi ? Bientôt, elle se demandera s'il compte vraiment venir la délivrer, car elle connaît le jeu : elle ne peut se lever que s'il vient la libérer. Bien entendu, au moment où il l'appellera, au moment où il la secouera, elle ne bougera pas, pour qu'il commence à douter, lui aussi, à mélanger subrepticement les catégories du faux et du vrai.

Pour le moment, il reste là, victorieux devant sa victoire ; il la contemple avec satisfaction. Il fait un pas dans sa direction. Puis un autre. Il voudrait toucher au miracle de l'infini. Il se souvient que tout à l'heure, quand il est entré dans la chambre et qu'il ne l'a pas vue, il a été traversé par un frisson d'horreur qu'il a pris pour un frisson d'amour. Avait-elle disparu ?

Il se baisse, passe sa main sur son visage pour sentir sa respiration. Rien, pas un souffle. Elle joue le jeu admirablement, elle ne respire pas quand il s'approche ; il se recule pour voir si ses côtes se lèvent : apparemment pas. Comment fait-elle pour tenir aussi longtemps ?

« Amélie ! » Toujours pas de réponse. Il la secoue un peu plus fort. À nouveau, il passe la main devant sa bouche. Il la regarde, et une émotion puissante l'envahit. « Trop tard, c'est fini. » Elle est partie ! Souvenez-vous comme elle souriait ! Et la façon qu'elle avait de pencher la tête sur le côté quand elle était intimidée ! Et ses yeux ! Et ses reins ! Trop tard ! Elle avait une voix fragile, terriblement féminine. C'est tout ça qu'il faut enterrer à présent. Vous pouvez toujours tenter de creuser dans cette terre, vous pouvez vous casser les ongles, c'est trop tard, définitivement ! Elle a disparu ! Elle appartient maintenant à la famille des anges. Ah ! ce que tu attends depuis longtemps vient enfin de se réaliser. Elle ne connaîtra plus ces matins détestables où il fait froid, ces matins cruels où l'on se rend compte qu'une fois encore le jour s'est levé, et qu'il faudra tenter de vivre. Elle ne sera plus jamais seule. Et toi, libre enfin, ivre et consolé d'un vrai chagrin, un chagrin sur lequel tu pourras te lamenter ! Tu prends conscience que tu ne l'aimes jamais autant qu'absente, et les larmes te viennent même aux yeux.

Puis, prince, tu viens l'embrasser pour la délivrer du sommeil, elle ouvre les yeux, belle, et à nouveau tu la détestes d'exister : conte moderne.

30

Après les choses vont vite. Vous avez passé la fin de soirée l'un près de l'autre. Le jeu de la mort : d'abord inquiéter l'autre de sa propre disparition, puis ouvrir les yeux et évacuer le passé. Vous avez peut-être fait l'amour. C'est difficile à dire. Puis il a fallu aller se coucher.

Mais, dans le soir, tu ne parviens pas à trouver le sommeil. Tu réfléchis, à moins que ce ne soit en rêve. Elle est à côté de toi, et tu repenses au délice de son absence. Son corps est juste là, sa présence t'est pénible. Tu entends un léger ronflement. Tu n'as jamais su la quitter, et pourtant depuis le début tu sais que tu n'attends que ça. Tu as couché avec d'autres femmes, tu l'as traînée dans la boue, tu as cherché à la détruire petit à petit pour qu'elle s'en aille, mais elle est toujours là, à côté de toi, et elle dort avec un léger ronflement.

Tu te lèves. Crois te lever. Dehors, il fait pleinement nuit. Vous avez oublié de fermer les volets et tu peux voir la lune, toujours là-haut, splendide et qui se moque bien de vous. C'est le moment magique où ceux qui ont des motifs d'opposition à cette union doivent s'exprimer ou se taire à jamais. Tu te tournes alors vers elle, l'aimée, l'endormie, la disparue. Et tu as l'impression de retrouver quelque chose de perdu depuis longtemps, quelque chose de ton passé, une série d'images floues, à la frontière de l'évanouissement, ou peut-être une suite de mots oubliés, des mots jamais prononcés et que ta bouche ouverte tente maladroitement de restituer, mais aucun son ne se forme, et ce qui a failli rejaillir du plus profond de toi reste à jamais enseveli.

Pratiquement rien, tu prends à peine les habits de la décence. Pantalon, chemise, chaussures. Tu sors de la chambre et, derrière toi, tu refermes doucement la porte. Tu ne ressens encore rien. À peine cette crainte de la nuit, de l'imprévu. Les libérés ont toujours peur, d'ailleurs. Le couloir en silence, la pointe des pieds. En revanche, dans les escaliers, tu descends rapidement. Tu arrives en bas. Le haut silence des cimetières. Dehors aussi, tout semble dormir. Enfin satisfaite, l'aspiration superbe au calme, au silence iconoclaste ! Tu marches dans les rues avec cette précipitation qui fuit tes pensées, tu retrouves enfin la voiture. Ne penser à rien. Tu démarres. Dans la nuit, il te semble que ton accélération est comme une explosion imprévue.

Tu es maintenant sur l'autoroute. Tu mesures ta monstruosité. Mais c'est ainsi. Tu ne veux pas parler. D'ailleurs, tu réalises que tu ne souffres pas. J'ai toujours su que tu étais de ceux qui ne savent pas souffrir, étant de ceux qui ne savent pas aimer. Tu roules vite maintenant et tu repenses à ce qu'elle te disait il y a quelques jours, quand elle trouvait que tu roulais trop vite : « Tu veux nous tuer ou quoi ? » C'est maintenant chose faite.

« C'est fini. Plus jamais. » Ces formules magiques résonnent dans ta tête à 180 kilomètres à l'heure. Tu te souviens de ce que vous avez vécu ; tu imagines ce que vous auriez pu vivre. Et les larmes qui commencent à apparaître sont délicieuses. Je devine, Tristan. Tu ne l'as jamais aimée. Jamais. Mais tu vas te rattraper. C'est maintenant que tu vas l'aimer.

Crois-moi, tu vas commencer à oublier la vérité. Tu l'as toujours préférée éclairée de la fausse nostalgie. Tu vas oublier le vide terrifiant de votre histoire. Tu ne retiendras que ce qui sera susceptible de t'émouvoir. Et ces souvenirs formeront des cercles splendides et tourneront, tourneront jusqu'à l'ivresse.

Tu vas sans cesse revenir dans cette chambre d'hôtel où tu l'as abandonnée. Toujours cet instant du réveil où la voix lui a manqué : tu n'étais plus là ! Tu imagines. Ses cheveux mal coiffés sur ses épaules, cette sauvagerie du matin qui est pour toi l'image de la beauté. Tu souffres avec elle, dis-tu ? Il faut avoir un peu de cœur pour souffrir. La vérité, c'est que, quand tu penses à elle, ce n'est pas à elle, mais à toi que tu penses. Ce n'est pas de l'avoir perdue que tu pleures, mais d'amour pour ton beau visage blessé. Le sien, d'ailleurs, tu ne le vois même pas.

Elle est là, pourtant, encore assise sur le lit. Elle n'a pas bougé, elle a tout de suite compris. Elle s'est levée pour aller boire. Puis elle est allée sur le balcon. Elle n'a pas pleuré, cette fois, pourtant jamais elle n'a eu aussi mal. Ce n'est pas possible, pense-t-elle. À coup sûr, il va revenir ! Mais elle sait déjà. Est-ce qu'elle ira fouiller dans tes affaires ? Peut-être voudra-t-elle seulement prendre une de tes chemises pour nicher son visage dedans, ton odeur. Je ne serais même pas surpris d'apprendre que c'est pour cette image que tu as laissé tes affaires. Ta valise, la rouge. C'est l'ironie du sort ; mais le sort de l'ironie a la même teinte. À l'intérieur, parmi tes vêtements, a-t-elle retrouvé cette bague qui devait cercler son doigt de promesses ? Elle restera sans comprendre, là-bas, quelque part. Et, le soir venu, dans les gouffres de la plus vilaine des solitudes, celle qui accompagne la désillusion, comme elle nous nous coucherons, pensant au bonheur que nous attendions, mais qui ne viendra pas – tout comme le sommeil.

Table des matières

7319

Composition Nord Compo
Achevé d'imprimer en France (La Flèche)
par Brodard et Taupin
le 29 février 2008. 45931
EAN : 9782290336045
1er dépôt légal dans la collection : juillet 2004

Éditions J'ai lu
87, quai Panhard-et-Levassor, 75013 Paris
Diffusion France et étranger : Flammarion